講談社文庫

マチのお気楽料理教室

秋川滝美

講談社

目次

マチのお気楽料理教室

どんどろけ飯の謎《なぞ》

ぱたぱたと立ち働いていた男女が、ようやくそれぞれの席に納まった。

目の前に置かれているのは、一般家庭で使われているお椀《わん》より一回り小さく浅く作られた汁椀、中に入っているのは小さく刻まれた野菜がたっぷりの汁物だった。

「これが『こづゆ』なのね……なんだかしみじみする味だわ」

「ほんと。なんで温かい汁物ってこんなにほっとするんでしょうね」

「豚汁と似たり寄ったりの食材だけど、ワラビやキクラゲが入るところが独特かな。あ、このちっちゃい麩《ふ》も……」

「豆麩《とうふ》って言ってたよね。ほかにも豚汁は味噌味、これは醤油《しょうゆ》味って違いもあるよ。おまけに出汁《だし》は乾燥貝柱」

「貝柱で出汁を取るって聞いたとき、もっと生臭い感じかと思ったんだけど、全然違ったね」

「野菜もたっぷり、しかも小さく刻まれてるから食べやすいし」

「どかーんと大ぶりに切ってあると素材の味がしっかり残って美味《おい》しいんだけど、熱々の汁物だと火傷《やけど》しそうになっちゃうんだよね。でも、これなら大丈夫」

「ふーふー吹けば、なんとか食べられる温度になる」

「そういうこと」

「ふたりとも、おかわりしてね。最初に説明したとおり、『こづゆ』は会津《あいづ》地方の郷土料理なんだけど、わざわざ小さなお椀を使うのは、ご馳走《ちそう》はないけど何杯でもおかわりしてくださいい、って意味なの。だから、たーっぷり召し上がれ」

「いいなあ、おかわり前提の料理。じゃあ、いっぱい食べよーっと！」

「どうぞどうぞ。でも、あんまりおしゃべりしてると冷めちゃうわよ」

「そりゃ大変！」

椀の中の大根や人参《にんじん》、茸《きのこ》などをつまみ上げては分析していた男女は、慌てて箸《はし》を動かし始める。

ここは東京近郊の住宅街にあるキッチンスタジオ。スタジオとはいっても、一般住宅の台所を改造したもので、人数的には六人も入れば満杯、という小さなスペースだった。

常磐万智《ときわまち》は二年半前からここで料理教室を開いている。

教えているのは日本各地の郷土料理、時には海外の料理を教えることもある。参加者は家庭の主婦だったり、仕事帰りの会社員だったりと様々。最近では定年退職後、料理ぐらいはできなくては……と参加してくる男性も増えつつあった。

開催頻度は一ヵ月に一度か二度、毎週あるいは隔週の何曜日、といったように日を決めているわけではなく、時間も夜だったり昼だったりする。それは万智の都合に合わせたものだったが、当初は本当にそれで来てくれる人がいるのかと不安だったりもした。だが、いざ始めてみると、一回限り大歓迎、出られるときだけ出ればいいという気楽さが受けたのか、それなりに参加者が集まり、今までに参加者ゼロで中止という事態に陥《おちい》ったことはなかった。

数ヵ月に一度、あるいはそれ以上の頻度で参加するお馴染《なじ》みさん数名に、初めての参加者がひとりかふたり。そこに万智を加えて、最大でも六名。そんなメンバーで料理を作り、みんなでわいわい味わう。時にはお酒を呑《の》むこともあるし、基本的には難しいことは一切言わない。まさに『お気楽』、それが、万智が主催する料理教室のコンセプトだった。

「いってらっしゃい。ちょっと寒いから気をつけてね」

花冷えという言葉が相応《ふさわ》しい四月のある朝、ふたりの子どもを送り出したあと、万智はぱたぱたとスリッパを鳴らして居間に戻った。

片隅《かたすみ》にある小さな机に向かい、素早くパソコンを起動させる。

朝食に使った食器も洗わなければならないし、洗濯物も干さなければならない。もちろん掃除だってまだだ。それでもやっぱり気になって、ＳＮＳのマイページを開く。

――ああ、よかった。今回もなんとか埋まりそう……

万智は安堵《あんど》とともにマウスを右上に移動、×マークをクリックした。

万智が確かめたのは、二週間後におこなわれる教室の予約状況だった。

今回の募集人数も五名だったが、その土地以外ではあまり知られていないメニューだったため、参加者が集まるかどうか不安だった。だが、今現在、お馴染みさんを中心に四名の参加希望者が名を連ねている。しかも、連絡用に使っているＳＮＳに開催告知をおこなったのが昨日にもかかわらず、である。

これなら大丈夫、それどころか、告知に気付くのが遅れた常連が、満席で参加できなくなる可能性まである。頻繁《ひんぱん》ではないが、過去に何度かそんなこともあった。

『残念！　次こそはきっと！』

そんな呟《つぶや》きを見るたびに、申し訳ないとは思いつつ、万智はこの教室が順調な経緯を辿《たど》っていることに胸を撫《な》で下ろすのだった。

万智がこの小さな料理教室を開いたのは、夫である保行《やすゆき》の勧めによるものだった。きっかけとしては、彼の母親が亡くなったことにある。

今から五年前、保行の母、弓子《ゆみこ》が五十七歳のときに体調不良を訴え、病院に行ってみたところ大きな病《やまい》が見つかった。すぐに治療に入ったものの経過は芳しくなく、手術を経て入退院を繰り返すようになってしまった。

義母は病を得る三年ほど前に夫を亡くし、ひとり暮らしをしていたのだが、病院は完全看護だったため、入院中はそれほど不自由もなかった。だが、在宅治療期間となるとやはり介護の手が必要、誰かと一緒に暮らしたほうがいい、と医者からも言われてしまった。

保行一家は昔からその病院にお世話になっており、件《くだん》の医師は保行の父、孝造《こうぞう》が亡くなったときの担当医でもあった。彼は、弓子の家が立地も便利でそれなりに広いことも知っていたため、なおさら同居を勧めてきたのである。

嫁と姑《しゅうとめ》はとかくうまくいかないものだ、というご多分に漏れず、万智と弓子も相性抜群というわけではなかった。言うなれば、うまくいっていないと険悪の中間、顔を合わせないに越したことはない、という間柄だった。広くて駅から徒歩圏、しかも二世帯住宅仕様になっている家がありながら同居していなかったのは、偏《ひとえ》に保行が万智を気遣《きづか》ってのことだった。

けれど、保行には兄弟がおらず、弓子は入退院を繰り返す病人、介護の手が必要なことは明白だった。とはいえ、保行は当時三十八歳、働き盛りで多忙な日々の中、とてもじゃないが病人の面倒は見られない。ほかに誰もいないなら仕方がない、ということで万智が引き受けることにしたのだ。

では私が……と名乗りを上げたとき、夫はとても驚いた。仕事についても散々訊《き》かれた。これまで頑張って続けてきたのに、ここで辞めていいのか。しかも、その理由が姑の介護とあっては、後々後悔することになるのではないか、と心配してくれたのである。

子どももまだ小さかったため、生活は夫婦の収入で事足りる、というよりも多少余裕がある状態だった。弓子は孝造から資産を受け継いでいたし、彼女自身の年金や医療保険の給付もある。仕事を辞めてまで万智が介護に携わらなくても、プロの介護人を雇えばいいと保行は思っていたらしい。

だが、万智はそれを断った。なにせ、もともとうまくいっていない嫁と姑なのだ。保行の親族にだってよく思われていないことも知っているし、今後、ことあるごとに介護を人任せにしたことを責められるなんて堪《たま》ったものじゃない。自分だけならまだしも、保行がそんな目に遭うなんて耐えられなかった。

その当時、万智の家族は四人で２ＤＫの賃貸マンションに住んでいた。夫婦で一部屋、子どもふたりで一部屋、という感じで暮らしていたが、子どもは性別が違う。小さいうちはなんとかなっても、いつかは部屋を分けてやりたい。どうせ引っ越すのであれば、いつかは自分の家を持ちたいと考えていた。

保行の生家は、築四十年という古屋ではあるが、二階部分は３ＬＤＫ。そのうちの二部屋は四畳半だったが、子ども部屋としてなら十分だろう。

立地としても、複数路線が乗り入れる駅から徒歩十分と便利。進学を考えるときも、交通の便のよさは選択の幅を広げてくれる。駅の周りには商業施設もたくさんあって、買い物もしやすい。

弓子が入院するたびに、保行は様子を見に行っていたが、万智たちの家からは、病院も義母の家も乗り換え二回を含んで小一時間の距離がある。仕事帰りに寄ってくることもあり、疲労の色を隠せない。

それならいっそ、同居してしまったほうがなにかと便利、いくら姑との仲が今ひとつとはいえ、玄関も水回りもふたつずつ備えた完全二世帯住宅ならば、なんとかなるのではないか——万智はそう考えたのである。

ちなみに、完全二世帯住宅に改築したのは孝造で、結婚当初から義父母と同居で気が休まることがなかった弓子に泣きつかれた結果だったそうだ。舅姑《きゅうこ》問題に苦労した過去がある弓子ならば、嫁の立場の辛《つら》さも多少はわかってくれるだろう。万智にしてみれば、弓子が『喉元過《のどもとす》ぎれば熱さ忘れる』というタイプでないことを祈るばかりだった。

さらに、当時の万智には、ほかにも介護を引き受けたい理由があった。

大手旅行会社に就職してから十五年、ツアーコンダクターとしてもう十分やりきった。旅行に参加する客は替われども、仕事の内容が変わるわけではない。四十歳が近づくにつれ体力も落ちていく一方。集合時間になっても戻ってこない参加者を捜し回ったり、理不尽な要求に堪えたりする日々に飽き飽きだった。なにより辛かったのは、あんなに好きだった旅というものに面白みを感じられなくなっていたことだ。

自分自身が楽しめないようでは、お客様を楽しませることはできない。思い出に残る旅を作れないツアーコンダクターなんて……

けれど、会社はベテラン添乗員の退職を喜ばない。現に、同僚たちが退職を匂《にお》わせるたびに、そこをなんとか……と止められたし、万智自身が説得役に駆り出されることも多かった。

そろそろ潮時、なんとか円満に辞める方法はないのだろうか……

そんなことを考えていた万智にとって『姑の介護』は円満に仕事を辞める格好の言い訳だったのだ。

介護は実子の仕事と心得ていた夫は、しきりに申し訳ないと言っていたけれど、万智としては渡りに船、あっさり職を手放した。理由が理由だけに、会社も引き留めようがなかった――これが、万智が保行の母親と同居し、介護を引き受けることを決めた経緯だった。

ところが、引っ越して一年も経たないうちに弓子が亡くなってしまった。五十代という若さが仇《あだ》となり、予想外に病の進行が早かったのだ。仕事も辞め、同居して介護態勢を整え、さあこれから……というときだっただけに、保行はもちろん万智自身も茫然自失《ぼうぜんじしつ》。さすがに早すぎる、なにもしてあげられなかった。もっと早く同居すべきだったのかもしれない……という思いに駆られた。

それでも、どれだけ悔いたところで、亡くなった人が帰ってくるわけではない。少しずつ弓子の身の回りのものや、彼女が置いたままにしていた孝造の荷物を片付け、そこはかとなくあきらめの心境に辿り着いたのは、彼女が亡くなってから半年後、ちょうど下の子である千遥《ちはる》が小学校に入る直前だった。

夫と子どもを送り出し、家事を終えるともうなにもすることがなかった。静けさに耐えかねてテレビをつけてみたけれど、なんとか見ていられるのはグルメ情報か料理番組ぐらいだった。ワイドショーは芸能人か政治家のスキャンダルばかりでうんざりするし、クイズ番組に興味はない。旅行番組に至っては、え、それだけ？もっと伝えることがあるでしょう！と腹が立ってくる。見ちゃいられない、という気分になってリモコンのボタンを力任せに押す……

学生時代の友だちから電話がかかってきたのは、そんなある日のことだった。

彼女は、万智から引っ越しの連絡を受けて、久しぶりに会わないかと誘ってきた。これまでは万智が忙しくてなかなか会えなかったけれど、今なら時間が取れるだろう、というのだ。

暇と孤独を持て余していた万智はふたつ返事、どうせならほかの友人たちにも声をかけてみようということになった。だが、問題は場所だった。せっかく会うのだから、ゆっくりしたい。美味しいご飯が食べたいのはもちろんだけど、時間を気にせず、気楽に集まれる場所がいいに決まっている。

友人は専業主婦だったし、万智も同様だ。集まるとしたらランチタイムが望ましいが、交通の便がいいところにはどうしても人が集まるから、予約が取りにくいだろう。

あちこちあたってみたが、そもそもランチの予約を受けてくれる店が少なく、ゆっくりさせてくれそうな店はさらに少ない。ようやく見つけたと思っても、そんな店は二ヵ月ぐらい先まで予約がいっぱいになっていた。

店の選定は難航、これはちょっと無理かも……とあきらめかけたとき、友人がおそるおそるといったふうに言い出した。

『ねえ、万智。もしかして、万智のお宅にお邪魔するとか……駄目かしら？』

え、うちに？　と仰天した万智に、彼女は言った。

『万智の家なら、駅からも近いでしょ？　ご飯はみんなで作ってもいいし、デパ地下とか駅ナカで美味しそうなものを買ってくればいいし……』

迷惑は承知の上だけど、ほかに場所もないから……と友人は言うのだ。確かに、この家なら友人を数人招いても十分なぐらい広いし、時間も気にする必要がない。みんなが夕食の支度《したく》をしなければならないのだから、夜まで延々と、なんてことにはならないだろう。

そこで万智は、とりあえず保行に訊《たず》ねてみることにした。

「保行さん、今度、私の友だちを呼んでもいい？　持ち寄り……っていうか、みんなでいろいろ作ってパーティみたいなことをしたいんだけど……」

もちろん平日、みんながいない時間に……と持ちかけた万智に、夫はあっさり頷《うなず》いた。

「なんでわざわざそんなこと訊くの？　ここは君の家でもあるんだから、客だってなんだって自由に呼べばいいよ。今までは仕事や家事、おふくろの介護とかで自分の時間ってものがなかったんだから、これからは自分の楽しみも大事にしてくれ」

そして彼は、本当にこれまでお疲れ様、と労《ねぎら》ってくれたあと、ここで作るなら万智が教えてあげるって手もある。万智はいろいろな料理を知ってるし、そもそも料理上手だからきっと喜ばれるよ、なんて提案までしてくれたのである。

——料理を教える？　まさかそんな……

仕事柄、外食の機会は多く、日本に止《とど》まらず、海外も含めていろいろな料理を口にしてきた。

ツアー参加者の質問に答えるために、作り方を調べたり、作った人に訊ねたりもした。もともと料理が好きだったこともあって、美味しいと思ったものは家で作ってみることもあったのだ。失敗したことはないし、家族の評判も上々だった。だが、人に教えられるレベルだなんて思ったことはなかった。

戸惑う万智に、保行は言った。

「今は個人でやってる料理教室もたくさんあるよね。でも、そういうのってすごくお洒落《しゃれ》っていうか、最終的にはちょっとしたホテルのパーティみたいになるのが多い。それはそれですごくいいんだけど、全然違うアプローチの仕方もあるよ」

「どういう意味……？」

「たとえば、ごく普通の家庭で作られてる郷土料理。長年、ひっそりと伝えられてきた、その地方の人しか知らないような料理を、君はたくさん食べてきただろう？　グルメブームでいろいろな郷土料理がテレビやインターネットで紹介されてるけど、実際に食べたことはないって人が多いと思わない？」

「それはそうでしょうね。行ってみないと食べられないし、東京にお店を出してるところもあるにはあるけど、食べ比べない限り、本来の味かどうかなんてわからないわ」

「だろ？　歴とした料理店ならまだしも、レシピとかを見て自分で作ってみて、ふーん、こんな味なんだーって思ってても、いざ現地で食べてみたら全然違った、とかさ」

「あーあるある。郷土料理って素朴なだけに調味料が味を大きく左右するのよ。お店ならそのあたりまで考えて、現地から取り寄せた調味料を使ったりするんでしょうけど、一般の家庭じゃそこまではしない。九州や北陸のお料理なのに甘みの少ないお醤油を使ったら、分量どおりに入れててもちょっと違う味になっちゃうわね」

「なるほど……調味料の違いもあるのか……」

大きく頷いたあと、保行はきっぱり言い切った。

「とにかくそういうこと。万智は、日本はもちろん、世界各国の郷土料理を食べてきた。だから『本来の味』がわかってるし、作り方だって熱心に研究してる。調味料の特性だって心得てる。そういう人に教えてもらったら、家で作ってみようかな、って思うんじゃない？」

「うーん……少しはいるかもしれないけど、郷土料理を作ってみたい人がそんなにたくさんいるかしら……」

郷土料理というのは、長年愛されてきた料理には違いないが、その地方に縁がない人間にとってはさほど重要ではない。料理教室に通ってまで作りたいかどうか、万智には疑問だった。

だが、保行は依然として自信たっぷりだった。

「それは大丈夫だと思うよ。だって、世の中の奥様方は、毎日毎日献立に苦労してる。知ってる料理は全部へビロテ状態で飽き飽きしてる。なにか目新しい料理はないか、って料理番組を見たり、ネットや雑誌で調べたりしまくってるじゃないか」

冠婚葬祭のときに持ち出されるような大がかりな料理もあるだろうが、郷土料理というのは基本的には手軽に作れて美味しいものだ。飽きもこないし、日々の献立に取り入れやすいから、作り方を習いたいと思う人は多いはずだ、と言うのだ。

「それに、家族の誰かが旅先で食べてきて、あれはうまかったー！　となったとき、ぱぱっと作って『こんな感じ？』って出せたらすごくない？」

旅先で食べた料理が気に入って、また食べたいと思って探した結果、近くに店を見つけた。喜び勇んで行ってみたところ、似て非なるものだった、なんて経験もあるし、似た話を友だちから聞いたこともある。自宅で出てきた料理が、正統派郷土料理だったら、食べた家族はさぞや驚くに違いない。

「それはすごいかも」

「だろ？　そこで、万智先生の料理教室の出番なんだよ。見栄えも採算も考えなくていい、その地方に伝えられてきた『素』の郷土料理を教える。万智は、ひとりかふたりぐらいしかって言うけど、それはそれでいいと思うよ。初めて開く料理教室なのに、いきなり大勢に押しかけられたらパニックになっちゃう。はじめちょろちょろ中ぱっぱ、っていうだろ？」

そこで保行はご飯の炊《た》き方まで持ち出し、万智の意欲を高めようとした。そして、とにかく友人たちを招くにあたって、『料理を教える』ということを念頭に置いてみてはどうか、と熱心に勧めたのである。

なにが夫をここまで駆り立てているのか理解できず、多少の戸惑いは残った。けれど、保行の提案は、万智にいわゆる『燃え尽き症候群』に近い状況からの脱出方法を示してくれた。

とりあえず、今度の集まりで友人たちに料理を振る舞ってみよう。その上で、彼女らの口から『美味しい！　作り方を教えて！』という言葉が出たら、料理教室を開くことを前向きに考えればいい。

――とはいっても、私の料理が、教えてほしくなるほど美味しいとは思えない。集まるのは友人ばかりだから、社交辞令的に美味しいと言ってくれる人はいるかもしれないけど、教えてほしいとまではなかなか……

そんな半ば自虐に近いことを考えながら、それでも万智は一生懸命に準備をした。その結果、友人たちは万智の料理を絶賛。とりわけ、内外の郷土食に興味を示し、現地に行かなくてもこの味が楽しめるなんて……と大喜びしてくれた。さらには、その日作ったものばかりではなく、ほかにもいろいろ教えてほしいと言い出したのである。

「ね、お願い、万智！　日程は完全に万智に合わせるから！」

友人たちに懇願《こんがん》され、二回目のパーティはもっぱら『料理を作ること』をメインにおこなわれることになった。

万智はもともと凝《こ》り性《しょう》だったし、料理についての資料もたくさん持っていたため、料理方法を書いたリーフレットを用意したところ、これまた大好評。作り方の説明もかなりわかりやすかったとみえて、是非続けてほしいとの要望が寄せられた。

気分転換になるし、寂《さび》しさも紛《まぎ》れる。なにより、教室を開く練習にもなる――ということで、手探りにそんな会合を続けていたある日、ひとりの友人から連絡が来た。曰《いわ》く、先日教えてもらった料理を同じマンションの奥様方に振る舞ったところ、みんなが絶賛。それまで大して料理上手でもなかったのに、どうしてこんなに美味しい料理が作れるようになったのか、と訊ねられ、万智に教えてもらったことを告げた。その結果、奥様方のひとりが、なんとか自分にも教えてもらえないか、と言い出した、とのことだった。

そのとき万智が友人に教えたのは、クルミ入りの太巻きで、もっぱら新潟県で愛好されている料理だった。ちょうどいただき物の海苔《のり》がたくさんあったことから、海苔巻きを作ることを思い付いたが、普通の海苔巻きではつまらない。郷土料理に変わった海苔巻きはないか、と調べてみたところ、具に煮たクルミを使ったものを見つけた。

クルミ入りの海苔巻きなら、食べたことがある。クルミの食感と甘辛さがなんとも言えず、ひとつ、もうひとつと箸を伸ばす手が止められなかった。海苔巻きにクルミを入れるのは全国的に見ても珍しいし、なにより美味しい、ということで、万智は『クルミ入りの海苔巻き』を作ることにした。

食べてみた友人たちは大絶賛。万智が作ったレシピメモを片手に、まとめ売りで有名なスーパーに直行、クルミの大袋を買って分け合ったそうだ。

翌日、友人のひとりが早速『クルミ入りの海苔巻き』を作ってみた。思いの外うまくできたそうで、喜び勇んでご近所の奥様にお裾《すそ》分《わ》けしたところ、彼女は海苔巻きがのったお皿を見るなり歓声を上げたという。なぜなら彼女は新潟出身で、『クルミ入りの海苔巻き』を食べて育ったからだった。

そして、その奥様に、新潟出身でもないのに、『クルミ入りの海苔巻き』を知っているのか、さらには、なぜそれを作ることができたのか、と訊ねられた友人は、万智に教わったことを伝えた。

懐かしい上に、美味しいふるさとの味。是非とも自分も作ってみたい、なんとか自分にも教えてくれないか、とその奥様に頼まれた友人は、やむにやまれず万智に電話をかけてきたのだ。

「知らない人なんて……って言われるのは百も承知だけど、彼女はもうご両親を亡くされてて最近じゃ新潟に帰ることもほとんどないそうなの。それでよけいに懐かしかったんでしょうね……。作り方を習っておけばよかったってすごく後悔してたのよ。私もかわいそうになっちゃって、つい、訊いてみるわって安請け合いしちゃったのよ。私を助けると思って、今回だけなんとか頼めないかしら？」

両親がいなくなれば、郷里に帰ることもなくなる。たとえ兄弟姉妹が跡を取っていたとしても、それはもう自分の実家ではない。やむを得ないこととはいえ、時々寂しくてやるせなくて堪えがたい心境になる、と友人の近所の奥様はため息をついたそうだ。

件《くだん》の奥様の気持ちはなんとなく理解できた。万智は、時折実家に行くことがあるが、それは両親が健在なおかつ遠くない場所に住んでいるからこそだ。もしも実家が離れたところにあり、なおかつ父も母もいなくなったとしたら、万智だって地元に寄りつかなくなるに違いない。

「わかった。こんなに適当だとは思わなかった、って言われちゃいそうだけど、とりあえず引き受けるわ。でも私とその方だけじゃさすがに無理だから、あなたも一緒に来てね」

「もちろんよ！　ありがとう万智！　日程は任せるから、決まったら教えて」

「そうね。ちょっと子どもたちの予定とか調べてみて、あとで連絡するわ」

「よろしく！　あ、それとお土産《みやげ》に、どーんといいお酒を持ってくわ！　新潟出身の奥様は、美味しいお酒もたくさん知ってるだろうし」

「あら、それは大歓迎」

そして万智は笑顔で友人からの電話を切った。

万智は酒は嫌いではないが、量を呑めない。特に日本酒は、猪口《ちょこ》に二杯も呑めば真っ赤になって夢見心地という有様《ありさま》だが、夫は大の酒好きでしかも日本酒党。友人のお土産に大喜びするに違いない、という目論見《もくろみ》があった。

かくして万智は、初めて見ず知らずの人に料理を教えるという体験をすることになった。

その日、友人とともにやってきた近所の奥様——下沢弘子《しもざわひろこ》は、神妙そのものの顔でクルミ入りの巻き寿司《ずし》の作り方を学んだ。

聞けば、弘子の母も祖母も大変な料理上手で、料理は自分たちに任せてくれればいい、ということで彼女はほとんど台所に入らないままに成長し、進学を機に郷里を離れてしまったそうだ。

いつか教わればいい、時間はたっぷりある、と思っていた。それなのに、結婚や子育てに忙しくしている間に祖母が逝き、母もまた……。後悔してもしきれない、と弘子はため息をついた。

そんな話をしながら作ったクルミ入りの巻き寿司は、巻き方こそ少々不格好、はっきり言えば、海苔の両端がきちんと重ならない『切腹』状態ではあったけれど、味は弘子の家のものにかなり似ていたらしい。もちろんそれは、作る過程で万智が彼女の家の味についてあれこれ聞き取った結果だったけれど……

いずれにせよ、弘子は万智の料理教室に大満足で、もしも次にこんな機会があるとしたら、是非また自分も参加させてほしい、とまで言い出した。

彼女は少しでも料理の腕を上達させたいと、いろいろな料理教室に通ったそうだが、周りよりずっと年上なのにろくに料理ができないせいで、気後ればかりしていた。その上、下手に有名な料理教室を選んだばかりに参加者が多数、いざ実習となっても、実際に自分が担当できる作業は全工程のほんの一部だったという。なにせ、さすがは有名料理教室、参加者たちは一を聞いて十を知る者ばかり。講師の説明が終わるか終わらないかのうちに作業が始まり、弘子は完全にお客様状態になってしまったそうだ。

その点、今回は万智と万智の友人、そして彼女の三人だけ。万智は教えるばかりでほとんど手を出さなかったし、おかげですべての工程を体験できた。これなら、家に帰ってからもひとりで作れそうな気がする、ひいてはほかの料理についても教えてほしい、と弘子は懇願したのだ。

「いっそ、料金をお支払いしてもかまいません。定期的じゃなくてもいいんです」

最近家で作るメニューもマンネリ化していて、夫も子どもも『またこれか……』みたいな感じになっている。郷里はもちろん、ほかの料理も教えてもらえれば、レパートリーが広がるに違いない。

是非いろいろな料理を教えてください、と何度も頭を下げられ、万智はとうとう断りきれなくなってしまった。

「本当にたまにしかできないし、次はこんな調子にはいかないわ。家族の意向だってあるし……」

「もちろんです！　できれば、でいいんです！　よろしくお願いします！」

そして弘子は、本当に嬉《うれ》しそうに帰っていった。

彼女とともに帰宅した友人は、家に着くなり電話で平謝りだった。

「ごめん万智！　まさかこんなことになるとは……」

「本当にね。でもまあ、ちょっと面白かったたし、たまにはこういうのもいいかも……」

「そう言ってもらえると助かる。それに、このタイミングでこんなことを言うのはあざといかもしれないけど、昔から万智は教えるのがうまかったから、料理教室の先生は向いてるかもね」

「え、そう？」

「そうよ。高校のとき、授業を聞いてもちんぷんかんぷんだったのに、万智の説明でなるほどなーってなったことがあるわ。テスト前だったからすごく助かった」

そういえば、その友人とは高校からの付き合いだった。大学も同じだったからすっかり忘れていたが、高校三年生のときに同じクラスで、隣の席だった彼女が難儀していた問題を教えたことがあった。

別に万智が成績優秀というわけではなかった。たまたまその問題に限って、理解できただけだったし、それをこんなふうに言われるのはくすぐったすぎる。とはいえ、『教えるのがうまい』というのは、褒め言葉に違いないし、もしかしたら『料理教室』を開いてもやっていけるかもしれない、と思うと嬉しくなってくる。なにより、これまでなんとなく過ごしていた時間を、有意義に使えるかもしれない。

余った時間でパートやアルバイトをすることもできるだろうが、夫自身が、少しのんびりして自分の楽しみを見つけたら？　と言ってくれている。そもそも、料理教室を勧めたのは保行だ。実際にやるとなったら、いろいろなアドバイスもくれるだろう。

家で料理を教えるというのは、大した収入にはなりそうにないけれど、挑戦してみる価値のある仕事だ。なにより、万智自身の趣味を生かせるところが素晴らしかった。

「そっか……。万智がそういう考えなら、やってみてもいいと思う。今日お邪魔した奥さんは、きっと生徒第一号になるわよ」

学生時代からの友人は、そう言って背中を押してくれた。

そうは言っても、いきなり明日から教室を開くわけにはいかない。まずは、個人がやっている料理教室について調べてみた万智は、すぐにこれは自分には無理だと思ってしまった。

万智が考えるような小さな料理教室は、ほとんどが自宅で開かれている。つまり、今回の万智のように自宅の台所を使っているのだ。

友だちなら気にならない。だが万智は、自宅の台所にまったくの他人が入ってくるのがいやだった。台所はある意味家庭のすべてを露呈《ろてい》する。冷蔵庫の中身や食器の揃《そろ》え方ほど、家庭生活を語るものはないし、なにより食器や調理器具を他人と共有するのは論外、百歩譲って、友だちの友だちまでが限度だった。


「やっぱりやめておこうと思うの」

料理教室を開くことを検討し始めてから数日後、万智は夕食と入浴を終え、のんびりしている保行にそう告げた。彼は怪訝《けげん》そうに問い返した。

「どうしたの？　なにか問題でもあった？」

無理もない。最初はあんなに勢い込んでいたのに、と思ったのだろう。そして理由を聞いた彼は、しばらく考えたあと言ったのだ。

「台所を共有したくないというのはわかる。万智の性格を考えたら当然だろうな」

「そうなの。いい加減なところはいっぱいあるのに、こういうところだけ気になっちゃって」

「うーん……でもなあ……」

せっかくやる気になったのに、あっさりあきらめるのはもったいない、と保行は言う。

「私も最初は、ちょっと我慢すればいいって思ったの……。ほかの人だってそうしてるんだしって。でも、やっぱりいやなのよ。だから……」

「それはわかってる。だからさ、台所を共有しなくていいようにすればいいんじゃない？」

そして保行は、どうやって？　と目を丸くする万智に、驚くべき提案をした。

「おふくろが使ってたスペースに、ちょっと手を入れたらなんとかならない？」

同居を始めたとき、弓子は一階に住んでいた。そのため保行たちは、空いていた二階に住むことになり、弓子が亡くなったあともその状態が続いている。二階のほうが日当たりがいいし、同居にあたって多少は手を入れたから設備も新しくて使いやすい。教室を開くなら、使い慣れた二階の台所で、と万智は考えていた。なにより、この家はもともと弓子の家で、一階は弓子のスペース、そこに入り込む気にはなれなかった。

だが、そんな万智の考えを保行は一蹴《いっしゅう》した。

「いらない遠慮だよ。おふくろはもういない。ここはもう俺たちの家なんだから、好きに使っていいんだよ」

一階には、十畳のリビングダイニングキッチンと八畳の和室、あとはお風呂とトイレがある。リビングダイニングと和室は続き間なので、襖《ふすま》を外せばひとつの部屋として使える。

「玄関は別々、中から行き来することもできないから、見ず知らずの人間が入ったとしても、保安上の問題はない。万智が気にする、台所の共有問題も解決」

一階と二階の両方を使ってもいいが、一度外に出なければ行き来できないのは面倒すぎる。今のところ、二階だけで部屋数も広さも足りているから、あえて下まで使う必要がない。使わないと部屋は傷《いた》むから、是非とも料理教室に使ってほしい、と保行は言う。

「でも……」

うまくいくかどうかもわからないのに改装までするなんて、と二の足を踏む万智に、彼は何気ない様子で言った。

「友だちに料理を教えるようになって、万智はすごく元気になった。見るからに楽しそうだし、生き生きしてる。そりゃあ、友だちと会って話せるのが嬉しいのかもしれないけど、それ以上に、レシピを考えたり、食材や調味料について調べるのが楽しそうに見える。正直に言えば、おふくろが亡くなった直後、時間を持て余して覇気のない状態は見ていて辛かったんだ」

やっと、万智が元気に生き生きと暮らせる方法が見つかった。だから、一階をキッチンスタジオにして料理教室を開こう、と保行は勧めてくれた。

「その代わり、教室が失敗しないように、万智にはうんと頑張ってもらわなきゃならないけどね」

「……すごいプレッシャー。でもね、保行さん。これは私の仕事、そんなにおんぶにだっこで始めるわけにはいかないわ。場所から用意するのは無理だけど、手を入れるお金は私に出させて」

「え、万智って、そんなに金持ちだったの!?」

今まで整然と理《ことわり》を説いていた保行が、資金は自分で用意すると言った瞬間、仰天した。唖然《あぜん》としている保行に、万智はにやりと笑って言い返した。

「それぐらいのお金はあるわ。じゃなきゃ……」

その先を口にする前に、保行が止めた。

「わかった、わかった。じゃあ、改築費用は万智、場所はおふくろからのお礼ってことにしよう。この家の名義、まだおふくろのままだから、それもちゃんと変えるよ。一階のキッチンスタジオ部分は万智、それ以外は俺ってことでいいかな?」

「もちろん。ありがとう、保行さん。じゃあ私、思い切ってやってみる」

「よし。俺もできる限り協力する」

そして彼は、心底ほっとしたような顔になった。

きっと、姑が亡くなったあと、これからの人生をどうしたらいいのか悩んでいた万智の気持ちに気付いていてくれていたのだろう。料理教室を開くためのスタジオを作るというアイデアや、場所の提供もありがたかったけれど、夫が自分に注意を払い、気持ちを理解してくれることが、万智はなにより嬉しかった。

改装を思い立ってから実際に工事が終わるまでに、五ヵ月という月日が必要だった。

だが、万智にとってその五ヵ月は、料理教室をどのように運営していくかを考える貴重な時間となった。

連日パソコンに向かって計画書を作っている万智に、保行はそう難しく考えることはない、借金を負ったわけではないのだから……と励《はげ》ましてくれた。それでも、万智としては、この挑戦を失敗に終わらせたくないという気持ちが大きかった。

例によってあちこちのインターネットサイトを巡りながら、万智が夫に訊ねたのは九月第一土曜日の朝、第一回料理教室のメニューを決めようとしていたときのことだった。

「保行さんは、旅先で出会った郷土料理で、家でまた食べたいと思うほど気に入ったものってある？」

保行自身、出張が多い上に、学生時代から旅行が趣味で、全国津々浦々の郷土料理を食べている。扱う料理を決める上で、こんなに頼もしい協力者はいなかった。

夫はしばらく考えていたが、ぱっと顔を輝かせて答えた。

「瓦《かわら》そば！　万智は食べたことある？」

「あるわよ。山口のお料理よね」

「そうそう。目茶苦茶旨《うま》かったし、あれならたぶん家でもできるよね？」

「材料さえ揃えば難しくなさそうね」

そう答えつつ、万智の指は既にパソコンのキーを叩《たた》いている。

『瓦そば』という文字を打ち込むと、たちまちレシピやら由来を紹介したサイトがたくさん出てきた。片《かた》っ端《ぱし》からクリックして見ていくと、そのいくつかは都内で瓦そばを出している店だった。

「保行さん、わざわざ作らなくても、食べられるお店があるみたいよ。比較的近所にも……」

「そうなの？　まあ、昨今のB級グルメ的料理の進出具合はすごいからね。山口の料理が都内で食べられても不思議はないか……でも、あれってそもそもアウトドア料理だろ？　わざわざしゃちほこばって店で食うようなものじゃない気が……」

「それを言ったらおしまいだわ。よく考えてみて、もしも郷土料理が家でしか作られなかったら、私たちみたいな観光客の口に入ることはないのよ？」

「そう言われればそうだな。でも、やっぱりああいうのって家で気楽に食べたいよ。俺みたいに思ってる人間はけっこういると思うけど」

「そうかもね。じゃあ、瓦そばもメニューに入れてみる」

とはいっても、瓦まで用意するのは大変だから、ホットプレートかステーキ用の鉄板を使うことになるだろう、と万智が言うと、保行はうんうんと頷いた。

「そりゃそうだよ。山口やほかの地域で出してる瓦そばだって、大半は鉄板を使ってるんだろ？」

「ええ。鉄板焼き茶そばって名前になってるのもあるらしいわ」

「いいねえ。そういう臨機応変っていうか、ゆる〜い感じが家庭料理っぽいよ。あ、そうだ。それをメニューに入れるなら、まずは予習しないと！」

ものすごく嬉しそうな顔で言うと、保行は万智を押しのけて自分がパソコンの前に座り、都内で瓦そばが食べられる店を調べ始めた。

「ここなら近いし、値段も手頃だな。万智、ここに行ってみようよ」

「え？」

どういうこと？　と首を傾《かし》げる万智に、保行は満面の笑みで説明した。

「食べたことがあるとはいっても、それは仕事を辞める前。きっと記憶も曖昧《あいまい》になっていると違いない。実際に食べに行ってみたほうがいいよ」

「なるほどね、予習と復習を一度に済ませられるわね……って、それ、単に保行さんが呑みに行きたいだけじゃない？」

ＷＥＢサイトを確かめてみると、保行がここがいいと決めたのは、山口の料理はもちろん地酒の品揃えも豊富な店だった。呑兵衛《のんべえ》の保行は、万智の料理教室を口実に瓦そばで一杯やろうという魂胆だろう。

案の定、保行は頭を掻《か》きながら言う。

「バレたか。でも、実際に食べてみたほうがいいってのは間違いない。本当なら山口まで行って食べるのが一番だけど、さすがにそこまでは……」

「子どもたちをほったらかして、山口まで出かけるわけにはいかないわ。ぎりぎり日帰りできなくもないけど……」

「日帰りするにはちょっと遠いよ。だからさ……」

「了解、了解。じゃあ、今度……」

「今度じゃなくてすぐ行こう。この店ならランチもやってるし、子どもたちには先に飯を食わせておけば、留守番ぐらいできるだろう」

この分だと、これから何度も料理教室の献立決めのためのグルメツアーができそうだ、と保行は目尻《めじり》を下げた。

「万智は郷土料理もたくさん食べてるだろうけど、食べたことは覚えてても味を忘れてるものもあるだろうし、そもそも作り方がわからないものだってあるだろ？　今は料理レシピサイトにいろいろ上がってるけど、百聞は一見にしかずって言葉もあるし、体験するのが一番だ」

「じゃあ、私の教室は一夜漬け万歳《ばんざい》ってこと？　ありえないわ……」

そんなあやふやな知識や経験しかないものは扱わない、と渋い顔をする万智に、保行はさらに気楽な提案をした。

「料理教室だから、なんてしゃちほこばって考えるからいけないんだよ。いっそ『気楽に郷土料理を作ってみる会』とかにすればいいじゃないか。うまくすれば、郷土料理を土台にもっと旨いものが出来上がるかも。それに昔読んだ作家のエッセーに、アルバイトで外国語を教える話が出てきたんだけど、その人、前日に外国語の教科書を読んだだけで教えてたんだってさ。料理だってありだと思うよ」

「そんな料理教室に来たいと思う人がいるかしら？」

「誰も来なくてもいいんじゃない？　郷土料理を作るために調べたり、実際に食べに行ったりするだけでも十分楽しそうじゃないか」

「そのために改装までしてるのに？」

ありえない、と言い返しはした。けれど、よく考えてみれば、そもそも人が集まる保証なんてないのだ。それならいっそ、万智自身が楽しめたほうがいいという保行の考え方は、納得のいくものだった。

「だーれも来なかったら、レシピサイトでも作ってアフィリエイトで稼ぎまくればいいよ」

わざわざ足を運ぶ人はいなくても、パソコンで検索して見に来る人はいるかもしれない。サイトに広告を貼って小遣い稼ぎをする人は多いらしいから、万智もそれをやればいいと保行は勧める。

どこまで気楽な人なんだ、と万智は今更ながら呆《あき》れてしまう。

「あれ、ほとんど儲《もう》からないって聞いたわよ？」

「え、そうなの？　そうかーでもまあ、それぐらいの気持ちでやればいいんじゃないって話。ということで、瓦そば決定」

「はいはい。じゃあ、子どもたちのお昼を用意しないと」

ということで万智は食事の用意を始め、十二時過ぎには出かけることができた。

駅までの道を辿りながら保行が笑った。

「意外に平気だったな」

「本当ね。もっと文句を言うかと思ったけど」

「あいつらきっと、親の不在をいいことに、ゲームや動画三昧《ざんまい》するつもりだぜ」

「たまにはいいんじゃない？」

「親も子も休日、けっこうなことである！」

そんなこんなでふたりは無事外出、瓦そばと昼酒を楽しむことができた。

鉄板焼きの茶そばと温かい麺汁《めんつゆ》という取り合わせが珍しく、具の錦糸卵《きんしたまご》と甘辛く煮込んだ細切り牛肉は日本酒にもぴったり。焼きそばのようで焼きそばよりずっと軟らかい食感も相まって、忘れられない味わいとなった。

幸い、店主は大変気のいい人で、瓦そばに興味を示した万智に瓦そばの由来や詳しい作り方、アレンジ料理まで教えてくれた。万智は店主の教えに従い、何度も家で試作し、これなら、と思う味が出せるようになるまで繰り返した。

第一回料理教室に集まってくれた三人のうち、ふたりは友人、残りのひとりは件の友人の近所の奥様、下沢弘子だった。

なんでも、復習がてら作ってみたクルミ入りの太巻き寿司を同じく新潟出身の夫が絶賛したので、特別養護老人ホームに入っている舅《しゅうと》にも差し入れてみたところ、懐かしい料理に涙を流して喜んでくれたらしい。

自分の料理をここまで喜んでもらったことはない。すっかり感動した弘子は、是非ほかの料理も教えてもらいたい、ということで、参加を決めてくれた。しかも、紹介してくれた友人まで引きずって参加してくれたおかげで、なんとか料理教室の体裁が整ったのである。

これが、万智が料理教室を立ち上げ、第一回料理教室の献立を瓦そばの簡易版、『鉄板焼き茶そば』に決めるまでの経緯だった。

——もう二年半か……けっこう、頑張ってるわよね、私。

五月開催予定の料理教室の参加者募集をかけてから三日目の夜、入浴を終えてパソコンを立ち上げた万智は、参加希望者の中にお馴染みの名前を見つけてにっこり笑った。

「弘子さんが、来てくれるわ」

ほっとしたような万智の声に、保行がパソコンの画面を見に来た。

「お、今回も満席だね。おめでとう！」

そう言いながら彼が差し出したのは缶ビール、もちろん自分の分も持っている。

万智が缶を受け取ったあと、彼は素早くプルタブを開け、軽く乾杯の仕草《しぐさ》……と思ったら、即座にごくごくと呑み始めた。どうやら万智が風呂から上がるまで、待っていてくれたらしい。

「そんなに喉《のど》が渇いているなら、先に呑んでくれてよかったのに」

「いやいや。そろそろ満席になってるころだと思ってさ。祝杯、祝杯」

「それはありがとう。でも、満席になってなかったら?」

「そのときは、明日の満席を祈願しての乾杯」

結局呑むのね、と苦笑しつつ、万智もプルタブを開ける。よく冷えたビールが、満席の達成感に更なる喜びを添えてくれた。

「弘子さんも参加か、心強いね」

「ええ。彼女が来てくれると、雰囲気がすごくよくなって助かるの」

三年の間に、万智と弘子はすっかり仲よしになった。そのせいか、もう既にかなりの料理上手になっているにもかかわらず、弘子は参加申し込みをしてくれる。とりわけ献立に珍しい郷土料理がのった回は、必ず名を連ねてくれるありがたいお馴染みさんだ。

年齢は弘子のほうが四歳ばかり上なのだが、彼女のずいぶんのんびりした性格のおかげで、気の置けない付き合いをさせてもらっている。しかも、彼女は初めての参加者にも何気なく声をかけ、上手に仲間に入れてくれる。講師として料理の手順を追いかけることばかりに一生懸命になりがちな万智にとって、弘子はとてもありがたい存在だった。

「初めての人もいるみたいだね」

「ひとり。誰の紹介でもないみたいだけど、どこでうちのことを知ってくださったのかしら……」

参加希望者の大半は万智の友人だったり、弘子のように友人の紹介だったりする。そのため、申し込み欄に知り合いがいる場合はその旨書き示すようにしてあるのだが、今回、その申込者の紹介欄にはなにも書かれていない。どこでこの教室を知りましたか、という問いには、『ウェブを見て』と書かれているのみだった。

「適当に検索して引っかかったのかな」

「たぶんね……で、まあ職場か家に近いからちょっと行ってみるか、って感じだと思う」

「どっちにしても、五十代男性っていうのは珍しいけどね」

「そうねえ……まだお仕事をしてる年齢だし、なにか理由があるのかしら」

あんまり難しい事情じゃないといいけど……と不安そうにする万智に、保行はまたしても気楽に言う。

「大丈夫じゃない？　きっと俺みたいな呑兵衛で、郷土料理をあてに一杯やりたい、自分で作れば外で呑むよりお値打ちって親爺《おやじ》だよ」

「ってことは、奥様とかがいらっしゃらないってこと？」

「奥さんがいても、酒の肴《さかな》ぐらい自分で作れなきゃ、って思う人はいるだろ。だとしたら、それはすごくいい親爺だ」

「どっちにしても『親爺』なのね」

「五十代なら親爺に決まってる」

「あらあら……でもまあ、自分の肴ぐらい自分でっていうのは素敵ね。あなたも……」

そう言いながら、万智は振り向いて保行の顔を覗《のぞ》き込んだ。なぜなら、保行は自分でも料理ができないわけではないのに、万智が料理教室を始めてからすっかり台所から遠ざかり、出入りするのは料理後の片付け、あるいは酒を取りに行くときだけになっていた。

「うへえ……これはとんだやぶ蛇だった！　でも片付けはちゃんとやってるし、そもそも……」

「はいはい。私が作ったほうが美味しいのよね」

「そう！　どうせなら旨いものが食べたい。でもって万智は料理上手だし、教室を始めてからさらにレパートリーも多彩。俺の出る幕はなし」

「了解。じゃあ、お褒めいただいたことだし、ちょっとつまむものでも作りましょうか？」

「やったー！」

大喜びしている保行を微笑《ほほえ》ましく見たあと、万智は台所に向かった。

冷蔵庫を開けたとたん目に入ってきたのは、先日保行が出張のお土産に買ってきてくれた缶入りのバター。背徳以外のなにものでもないとわかっていても、誘惑に抵抗できず、万智は味付け海苔のパックをひとつ取り出す。なんの変哲もない味付け海苔が、バターを包み込んだときに生じる魅惑の世界と、翌朝がっかりさせられるに違いない体重計の数字……

それでも『祝杯』という文字と保行のお土産という観念が、ついつい缶入りバターをナイフで薄く削らせる。背後から聞こえるのは、夫の歓声だ。

「おー、海苔巻きバターだ！　中高年は絶対食っちゃいけないやつだけど、どうにも酒に合うんだよなあ！」

「わかってるならバターなんて買ってこないでよ、って言いたいところだけど、このバター本当に美味しいし、ちょっとだけね。残りはお料理に使うから！」

「はいはい。ちょっとずつ大事に、だよね。了解、了解」

そんな軽口を叩きながら、保行は満面の笑みで海苔巻きバターがのった皿を受け取る。

「味付け海苔はどうして一袋五枚なんだろう。偶数にしてくれれば分けやすいのに……って、あれ？　四つしかないぞ」

「ごめん、海苔だけ一枚食べちゃった」

「なんという暴挙！　でもまあ、そのほうがいいか。取り合いも譲り合いも遺恨を残す」

「やあねえ。遺恨なんて残しません！」

どうだか、とにやにやしながら夫はダイニングテーブルに戻っていく。子どもが寝静まった深夜、こんなふうにふざけあいながら酒を呑むと、一日の疲れがすっと溶けていく。

穏《おだ》やかな日々のありがたさを噛《か》みしめつつ、保行のあとを追った。

＊＊＊＊＊＊＊

「皆さん、ようこそお越しくださいました。それでは、まずはお料理の説明から……」

そう言うと、万智は五名の参加者それぞれにパンフレットを配った。

A4サイズのコピー用紙二枚にびっしり書かれているのは、料理の由来と作り方、そして参加者の家族数に合わせた材料の分量表だった。

各種レシピサイトや料理本というのは、たいてい二、あるいは四人用の分量となっている。だが、世の中はふたりや四人家族ばかりではない。ひとり暮らしや三人、五人といった場合、レシピから自分の家族に相応《ふさわ》しい量に換算するのは案外面倒くさい。そんな理由で料理を作らなくなるのはもったいない、ということで、万智は食べさせたい人数ごとの分量表を添えることにしていた。

今日の参加者は下沢弘子、香山麻紀《かやままき》、南条美空《なんじょうみそら》、北浦卓治《きたうらたくじ》、東野満寿夫《ひがしのますお》の五名。弘子はお馴染みだし、麻紀と美空、卓治も過去に五回ほど参加経験がある。だが、東野満寿夫は初めての参加、さらに他の参加者に知り合いもいないという見事なアウェイぶりだった。

「万智さん、まず最初に、軽く自己紹介をしたらどうでしょう？」

見たことがない参加者がいることに気付いたのか、弘子が料理の由来説明を始めようとした万智を止めた。

「え……あ、そうね。じゃあ、弘子さんからお願いできますか？」

「はい！　下沢弘子、中年生まれの射手座《さる》です。万智さんのお料理教室には開設当時からずっとお世話になってます。おかげでちょーっとだけお料理が上達しました。あ、ちょっとしか上達してないのは万智さんのせいじゃなくて、あたしが不器用なだけです」

念のため、と付け足して、弘子は自己紹介を終える。参加者たちから軽い笑いが漏れ、トップバッターとしては完璧《かんぺき》な出来だった。

続いて立ち上がったのは、弘子の隣に座っていた香山麻紀。彼女は三十代に入ったばかり、教室開設当初から参加しているお馴染みさんだが、弘子と違うのは、もともと料理好きでたいていの家庭料理ならちゃんと作れるところだ。万智の教室の開催は、昼間だったり夜だったりするけれど、流通業に携わっている麻紀はどちらにも参加できる。自分が知らない料理が献立に上がったときは、シフトの融通までして来てくれるありがたい参加者のひとりだった。

「香山麻紀、干支《えと》三回りまであと数年ってところです。得意な料理はチーズを使ったもの。最近はチーズドッグとチーズタッカルビに嵌《は》まって、体重増に悩んでます」

「麻紀さんはちょっとぐらい体重を増やしたほうがいいわよ。どうせ『女の体重は五十キロ以上にはならないんです』とかいう世界の人でしょ？」

そんなからかいを飛ばしたのは、南条美空。スレンダーな麻紀とは打って変わってふっくらぽっちゃり体形で、恨めしそうに自己紹介を始める。

「南条美空、標準体重なんてとっくにオーバー。外食はオーバーカロリーになりがちだから自炊しようと思ってこちらに来ましたが、どのお料理も美味しすぎてちっとも痩《や》せません。それどころか、むしろ……」

「美空ちゃん、いくら美味しい料理でも食べ過ぎなければ太らないんだぜ」

「北浦さん、ひどい！」

よよよ……と泣き崩れる仕草で、美空は周囲の笑いを誘う。こうやって丁々発止、掛け合い漫才のように会話が進んでいくのも、この料理教室の特徴のひとつだった。

美空に鋭い突っ込みを入れた北浦は、次は俺の番、と立ち上がった。

「北浦卓治、四年前に定年退職してから妻とふたりで悠々自適……と言いたいところだが資金が追いつかず、警備員のアルバイトをしながら細々と暮らしております。もとの勤め先は警視庁。ただしドラマに出てくるかっこいい刑事とかじゃなくて、ずっと交通課でした。料理はボケ防止と、妻が寝込んだときの対策として習いに来ております。とはいえ、妻も還暦を越えてからますます元気、寝込む気配はありませんけど」

「けっこうなことじゃないですか。でも、せっかくお料理を習ってるんですから、奥さんが寝込んでなくても台所に立ってくださっていいんですよ？」

「おっと、これは一本取られたな」

美空に突っ込まれた卓治は、こいつはさっきの逆襲だな、と苦笑い。和やかな雰囲気に安心したように、最後の参加者が立ち上がった。

「東野満寿夫と申します。五十四歳、辰《たつ》年、水瓶座《みずがめざ》。料理の経験はほとんどありません。普段は仕事ばっかりですが、今日はゴールデンウイークで休みなので参加してみました」

「ようこそ。うちは本当に気楽で適当な料理教室ですから、あまり緊張せずに和気《わき》藹々《あいあい》って感じで行きましょう。ところで、この料理教室のことはどこで？　どうして参加しようと思われたのですか？」

満寿夫の自己紹介のあと、万智はとりあえず一番気になっていることを訊ねてみた。満寿夫は、一瞬考える素振りを見せたものの、案外すんなり理由を説明した。

「献立にあった『どんどろけ飯』ってものに興味を覚えまして。実は私、前からこの料理のことは知っていたんですが、ちゃんとしたものを食べたことがないんです。料理教室ならスタンダードな『どんどろけ飯』を扱うんじゃないかと……」

「なにも料理教室に来なくても、郷土料理店とかに行ってみればよかったんじゃない？」

若い美空が早速口を挟んだ。いつものメンバーならまだしも、さすがに初対面の相手にどうなの……と不安になったが、満寿夫は気にする様子もなくすらすら答えた。

「確かに、東京には意外と郷土料理を食べさせてくれる店がありますよね。検索サイトに料理名と『東京』という言葉を入れると、その料理を出している飲食店が何軒もヒットします。地方から出てきて東京で店を開いてる人も多いんでしょうね」

「あーなるほど。郷土料理を出せば、同郷の人が懐かしがって食べに来てくれたり、情報番組で取り上げられたときに珍しがって来てくれる人がいるってわけだな」

卓治の答えに、満寿夫は大きく頷いた。

「そうなんです。で、私は後者で、雑誌やテレビに知らなかったり知っていても食べたことがない料理が出てくるたびに店を探して出かけていくんです。でも、今日の献立の『どんどろけ飯』については、どれだけ探しても出してる店が見つからなくて……」

「あー……やっぱり……」

万智はなるほどなあ……と納得してしまった。

『どんどろけ飯』は鳥取の郷土料理で、油で炒《いた》めた豆腐を使った炊き込みご飯である。

『どんどろけ』は鳥取県東部から中部にかけての方言で雷を意味し、豆腐を油で炒めるときの音が雷に似ていることから名付けられたという説がある。だが、この料理はごく普通の家庭料理、みんなが普通に作るし、外で食べられるのはせいぜい給食、鳥取まで出かけたところで出している飲食店はないだろう。

万智が今回『どんどろけ飯』を選んだのは、豆腐を炒めてご飯に入れるという料理法の珍しさと、学生時代に鳥取出身の友人が作ってくれたのがとても美味しかったという記憶からだ。もともと鳥取で生まれ育ったか、万智のように鳥取出身の友人がいない限り、この料理を口にする機会はないに違いない。

現に、例によって『実演前に味を確かめる』を口実に、保行も食べられる店を探したのだが、そんな店は見つからない。もしかしたらインターネットに情報を出していないだけかもしれないと淡い期待を抱きつつ、鳥取の商工会議所にまで電話をかけてみたが、地元にすら『どんどろけ飯』を出す店はなかったのである。

万智の夫の話を聞いた満寿夫は、さもありなん……とため息をついた。

「鳥取の商工会議所に電話まで……。それじゃあ、東京で見つからないのは当然ですね」

「お金を取って食べさせるようなものじゃないってことなんでしょうね。すごく美味しくてヘルシーだし、私は大好きなんですけど……」

だからこそ献立に選んだ。豆腐や野菜、鶏肉《とりにく》などがふんだんに入った『どんどろけ飯』は、名前の面白さもさることながら、老若男女、誰の口にも合う料理だと思ったのだ。

「そこまで調べてなにも出てこなかったのに、あきらめなかったのかい？」

根気があるなあ……と感心しながら、卓治が訊ねた。満寿夫はちょっと照れたような顔で言う。

「ここまで見つからないと、逆に意地になってしまって、間を置いては定期的に検索を続けてたんです。そしたらある日、こちらのSNSがヒットして……」

大喜びでページを開いてみたら、料理教室の案内だった。

幸い、不定期でその日だけ参加することもできるらしいと知った満寿夫は、即座に参加申し込みをしたそうだ。

「夢にまで見たって言ったら大げさですけど、とにかくちゃんとした『どんどろけ飯』を食べてみたい一心でした。ほんとにすみません」

満寿夫は深々と頭を下げ、万智と参加者たちに詫《わ》びた。

ところがそこで麻紀、美空、そして卓治が一斉に笑い出した。三人が三人とも、まず、万智のSNSに書かれていた『どんどろけ飯』について検索した。なにはさておき『食べてみたい』という気持ちになって、参加を決めた。要するに満寿夫は、同じ穴の狢《むじな》そのものだった。

「わかるわかる。女なら誰かに『食べさせてやりたい』ってのもあるだろうけど、男が料理を作りたいっていうときは、ほとんど自分の食欲からだよな」

「えー？　卓治さん、奥さんが寝込んだときのため、って言ってませんでしたっけ？」

「う……まあああれだ、それ『も』理由のひとつってことだ」

またしても美空に突っ込まれ、卓治が決まり悪そうにする中、自己紹介は終了。ようやく料理の説明に入った。

「ってことで、作り方は以上です。そんなに難しくはありませんけど、なにか質問があればどうぞ」

「ありませーん！」

「わかりました。でも、やってみてわからなくなったときは遠慮なく訊いてくださいね」

「はーい！」

そして本日の生徒五人は、それぞれの分担を決め、まずは……と手を洗った。

清潔なエプロンと頭を覆《おお》うバンダナか三角巾《さんかくきん》、あるいはタオルのいずれか。そしてなにより指の間までしっかり手を洗うこと。それはここに限らず、どこの料理教室でも大原則とされていることだろう。それを遵守《じゅんしゅ》し、参加者そして万智も、念入りに手を洗った。

「今日は全部で六人ですから、お米は三合、お豆腐は二合に半丁の割合ですから四分の三丁なんですが、残すのもなんですし全部入れちゃいましょう」

「出た、万智さんの『全部入れちゃいましょう』！」

弘子が大喜びで茶々を入れてくる。レシピどおりに計量して使い、ほんの少し残したところで、それをほかの料理に使えるほど技量のある者ばかりではない。いつの間にか冷蔵庫の隅《すみ》に追いやられ、気付いたときには傷んでいた、なんてよくあることだ。それぐらいなら全部入れてしまえ、というのが万智のやり方だった。

「お豆腐が増えちゃった分、調味料も少し増やせば大丈夫。炊き込みご飯は具が多いほうが美味しいですからね！」

もはや言い訳としか聞こえないような台詞《せりふ》で、万智は参加者に手を動かすように促す。

「弘子さんは椎茸《しいたけ》と人参、美空さんは油揚げとゴボウ。麻紀さんは豆腐を水切りしてください。満寿夫さんはお米を洗ってください」

「俺は？」

「卓治さんは茶碗《ちゃわん》蒸しのほうをお願いします。まずは春雨《はるさめ》を茹《ゆ》でてください」

「茶碗蒸しに春雨⁉」

卓治のみならず、女性参加者たちも一斉に怪訝な顔になった。そんな中、満寿夫だけが心底嬉しそうな声を上げる。

「春雨入り！　茶碗蒸しも鳥取風なんだ！」

「もちろん」

全国広しといえども、茶碗蒸しに春雨を入れるのは鳥取県米子《よなご》市周辺だけらしい。この珍しい料理を『どんどろけ飯』に添えずにどうする、というのは、献立を決めた際の保行の意見だ。『どんどろけ飯』と異なり、こちらは保行は食べたことがあり、万智は未経験。それでは、と彼が材料を揃えて作ってくれたが、春雨の食感がなんとも言えず、是非とも紹介したい味……ということで献立に加えることになったのである。

満寿夫はおそらく、『どんどろけ飯』を調べている間に、春雨入りの茶碗蒸しについての記述に触れ、これも食べてみたいと思っていたのだろう。

「うどん入りなら聞いたことがあるけど、春雨は初耳だわ。本当に世の中広いわねえ……」

美空はしきりに感心しながら、油揚げを縦に四等分したあと端《はし》から細く刻む。弘子は弘子で、知らない料理は本当にありがたい、と嬉しそうに水で戻してあった干し椎茸を取り出している。

献立のマンネリに悩む主婦にとって、未知の料理ほどありがたいものはない。その地域でしか食べられていない料理を紹介してくれる万智は、神様仏様だというのだ。神様仏様はさすがに大げさだ、と思いつつ、まんざらでもない気持ちで万智は弘子に声をかける。

「弘子さん、その椎茸、茶碗蒸しにも使うから全部は刻まないでね」

「はーい。小さいのを六枚、あと、戻し汁もちゃんと残しておきますよ」

戻し汁には干し椎茸の出汁がしっかり出ている。昆布、鰹節《かつおぶし》、鶏《とり》……どの出汁を使うにしても、戻し汁をちょっと足すだけで椎茸の風味が加わって、さらに深い味わいとなる。戻し汁を捨てるなんて愚の骨頂だった。

「全部を椎茸の戻し汁にするとちょっとインパクトが強すぎるけど、少しだけ入れるとすごくいいの。まさに名脇役って感じよ」

「椎茸かあ……若いころは、椎茸のよさがわからなかったけど、年を取ってからしみじみ旨いと思うようになったよ。特に干し椎茸は珠玉だね」

「あら、生の椎茸だって美味しいわよ。フライパンで焼いてお醤油を垂らすだけで絶品」

「バターも足したら神！」

弘子と卓治、そして麻紀の賑《にぎ》やかな会話に、万智は、とにかくこの人たちの台所は神様や仏様がいっぱいなのね……とおかしくなる。

衛生面から考えれば、こんなにおしゃべりしながら料理を作るのはよくないことかもしれない。だが、ここは資格取得を目指すような料理学校ではない。和気藹々と作ったほうがいろいろな意味で『美味しくなる』と万智は考えていた。

「わ、この春雨、けっこう太いんですね！」

茹で上がった春雨を見て、満寿夫が驚いている。

昨今、春雨と言えば緑豆を使った細いタイプが主流のようだが、茶碗蒸しに入れるのは昔ながらの太いタイプだ。なぜなら、そもそもこの料理、卵が高級品だった時代に卵を使う量を減らすために考え出されたという説があるのだ。『かさ増し』が目的なのだから、太いタイプのほうがいいに決まっている。

「とはいっても、お店にあれば、の話。鳥取でも細いタイプを使ってる人もいるみたいだし、家に細いタイプがあるならわざわざ買い直す必要はないわよ」

「だったらうどんでもいいんじゃない？」

万智の説明に、美空がはっとしたように応えた。即座に麻紀から突っ込みが入る。

「美空ちゃん、それ、もう小田巻《おだまき》蒸し。別の料理だから！」

「え……あ、そうか。うどんなら春雨よりずっと太いし、卵も少なくて済むと思ったんだけど」

「そう考えると不思議よね……どうして日本中で鳥取、しかも米子近辺だけが春雨を入れようと思っちゃったのかしら……」

謎すぎる、と麻紀は首を傾げる。

おそらくその謎を解くことは難しいだろう。大半の郷土料理はなにかの偶然から生まれている。たとえ歴とした理由があったにしても、記録に残ってはいないに違いない。なんとなく誰かが始め、いつの間にかみんなに広がった。万智に言わせれば、それこそが郷土料理の面白さだった。

「そんなことを言い出したら、卵を溶いて蒸してみようなんて考えること自体が謎だ。しかもただ蒸すんじゃなくて、わざわざ出汁で割ったんだぞ。酔狂としか言いようがない」

「と、考えると成り立ちが謎なのは春雨入りの茶碗蒸しに限らないってことね。結局。思い付いた人が神」

三度神様が登場し、春雨入り茶碗蒸しの起源はめでたく迷宮入りとなった。

「皆さんお疲れ様でした。それでは、いただきます！」

万智の先導で、六人揃って手を合わせ、食前の挨拶《あいさつ》を唱和する。

作っている間も楽しいが、試食タイムはさらに楽しい。参加者の笑顔が満開になる時間の始まりだった。

「茶碗蒸しの出来はどうかしら」

おそるおそるといった感じで、美空が器の蓋《ふた》を取る。そして泡《あわ》ひとつない滑《なめ》らかな表面に安堵する。

「よかったあ！　鬆《す》は入ってない！」

「蒸し加減は上等、三つ葉もきれいな緑。あとは味だな……」

卓治が神妙な面持ちでスプーンを取り上げ、一匙掬《ひとさじすく》って口に運ぶ。あちっ！　と小さな声を上げはしたが、すぐに満面の笑みを浮かべた。

「うん、旨い！　舌触りもすごくいいし、出汁も素晴らしい」

「卓治さん、問題はそこじゃないわよ。春雨との相性でしょ？」

そう言いつつ、弘子はスプーンではなく箸を取る。思い切って器の底まで突っ込み、春雨を挟むとぱくっと一口……

「あーこれ、すごく優しい感じ。病気で食欲がないときとか、小田巻蒸しよりこっちのほうがいいわ」

「俺も賛成。小田巻蒸しよりさらに喉を通りやすい気がする。あ、病人だけじゃなくて年寄りにも」

春雨入り茶碗蒸しに話題が集まる中、最初に『どんどろけ飯』に手をつけたのは満寿夫だ。この料理が目的でやってきたのだから、当然と言えば当然だろう。

箸でかなり多めの一口を取り、口に運んでゆっくりと味わう。

「なるほど……これが……」

「そのおうちによって味付けは様々だと思いますけど、食材は共通ですから、まあこんな感じでしょう」

食感も味もそう珍しいものではない。けれど、ずっと食べたかった味というのはそれだけで価値がある。感慨深げな満寿夫の顔を見て、万智は『どんどろけ飯』を扱うことにしてよかった、としみじみ思う。それと同時に、なぜ満寿夫が『どんどろけ飯』を食べたがったのかが気になってきた。

おそらく彼は鳥取の出身でもなければ、転勤などで暮らしたこともないはずだ。だとすると、満寿夫はどこでこの料理を知ったのだろう。

万智はとうとう疑問を抑えきれなくなり、ストレートに満寿夫に訊ねることにした。

「満寿夫さんは、どこで『どんどろけ飯』を知ったの？　ガイドブックにもあんまり出てない料理だと思うけど……」

茶碗の半分ほどまで食べ進んでいた満寿夫は、万智の問いで箸を止めた。しばらく考えていたあと、意を決したように話し始める。

「本当にこの料理を食べたがっていたのは私じゃないんです」

「満寿夫さんじゃない……というと？」

「妻です」

満寿夫の妻の母親は鳥取の出身だったが、仕事の関係で東京で暮らしていた。同じ会社にいた父と出会い、同郷のよしみで会話を交《か》わすようになって結婚、数年後に生まれたのが満寿夫の妻だった。同郷だから食の好みも似たようなものだと考えていたらしいが、いざ結婚してみたらずいぶん好みが違った。特に顕著だったのは『どんどろけ飯』。父親はこの料理が大好きなのに、母が毛嫌いしていたことだった。

「妻の父は時々『どんどろけ飯』が食いたいなあ……なんて呟いていたそうです。でも、家では出てこない。やむなく、里帰りしたときに祖母に頼んで作ってもらって食っては『うまい、うまい』。それを聞いた母親はさらに『どんどろけ飯』が嫌いになる……って悪循環。妻も祖母が作る『どんどろけ飯』は好きだったけれど、それを母に言うわけにはいかず、そのうち妻の実家では『どんどろけ飯』という言葉すら出せない雰囲気になってしまったそうです」

母が作らない料理を娘が作るわけがない。作り方を聞くことすらできずにいるうちに、祖母も亡くなってしまった。それによって、満寿夫の妻もその父も『どんどろけ飯』を食べる機会がなくなった。満寿夫の妻にとって、懐かしいと同時に切なすぎる思い出、それが『どんどろけ飯』だったそうだ。

「それで、奥さんとお義父《とう》さんは今も『どんどろけ飯』を食べたがってるの？」

「義父はとっくに亡くなり、妻も二年前に……」

「え……」

しまった、これは触れてはいけない話題だったか、と思ったが後の祭りもいいところだった。だが、幸いなことに満寿夫自身は特に気にする様子もなく話を続けた。

「亡くなった当初はいろいろ思うところもありましたが、時間薬《ときぐすり》とでも言うんでしょうか。さすがに二年も経つとなんとかなるものです。でも、やっぱり妻が最後まで食べたがっていた『どんどろけ飯』だけは気にかかって……」

「最後まで食べたがっていらっしゃったんですか？」

「はい。妻は亡くなる数日前から意識がない状態でした。それなのに、譫言《うわごと》みたいに『どんどろけ、どんどろけ……』って言ったそうなんです。それを聞いたのは看護師さんだったんですが、『どんどろけ飯』をご存じなかったせいで、意味のある言葉とは思わなかったらしくて、私が聞いたのは妻が亡くなってからでした」

「亡くなってから……それは残念でしたね」

せめてご存命中であれば……と慰めるような口調になる万智に、満寿夫は軽く頷いて言った。

「本当ですよね。でもまあ仕方がないですよ。妻がそれほど『どんどろけ飯』に思いを残していたことを知れただけでもよかったんです。しかもこの話を聞いたのはつい最近なんです」

「え？　最近？」

「はい。三ヵ月ほど前、夢に妻が出てきて、しきりに『どんどろけ飯、どんどろけ飯』って言うんです。私もそれまですっかり『どんどろけ飯』のことなんて忘れてて……。その翌日は私自身が病院に行く予定の日でした」

　歳のせいか、満寿夫は膝《ひざ》に痛みを抱えていて、定期的に通院しているという。しかもそれは、彼の妻が亡くなった病院である。なんとなく不思議な気持ちのまま、病院に行ってみた満寿夫は玄関を入るなり、妻の担当だった看護師に出くわしたそうだ。

「変な話ですよね。その看護師さんは入院病棟担当で外来に来ることはほとんどないのに、その日に限って外来にいらっしゃってたんです。で、まあ、あちらも私を覚えていてくださって、お元気ですかーなんて声をかけてくださって」

　妻の夢を見たばかりで、妻を担当してくれていた看護師に出会う。これはきっとなにかの因縁《いんねん》だろうと考えた満寿夫が看護師に夢の話をしたところ、彼女ははっとしたように答えたそうだ。

「『どんどろけ』ってお料理の名前だったんですか！　すみません！　私、全然知らなくて意味のない譫言だとばかり……」

「妻は『どんどろけ飯』についてなにか言ってたんですか？」

「『どんどろけ、どんどろけ……』って二度繰り返しておっしゃいました。これは言い訳でしかないですが、その言葉をおっしゃったのはそのときだけ、だから私も譫言だと……」

　本当に申し訳ありません、と深々と頭を下げられ、満寿夫は逆に恐縮してしまったそうだ。

「『どんどろけ』なんて言葉、鳥取に縁がある人じゃない限り知りませんよ、って言ったんですが、看護師さんは、二年も経ってから夢枕《ゆめまくら》に立つほどだから、よっぽど食べたかったのだろう、亡くなる前に気がついてあげられなくて申し訳なかったって、ぺこぺこ頭を下げっぱなし。いたたまれない気持ちになっちゃいました」

「そうだったんですか……」

満寿夫はきっと、心を残したまま逝った妻のために『どんどろけ飯』を作り、仏壇にでも供えるつもりなのだろう。不思議でもあり、心温まる話でもあった。

「妻が夢に出てきてからずっと『どんどろけ飯』について調べていました。こんなふうに夢に出てくるんだから、さぞや食べたいんだろうと思って、レシピを探して作ってみましたが、やっぱりまた妻は出てきて……きっと美味しくなかったんでしょうね」

満寿夫自身は食べたことがない料理だ。何度か違うレシピも試してみたが、未《いま》だに夢に出てくるところをみると妻には不満なのだろう。根本的になにかを間違えているのかもしれない。

「でも料理教室なら、ちゃんとした『どんどろけ飯』を教えてもらえるだろう、と思ってこちらにお邪魔した次第です」

「そうですか……。今日作ったのは、鳥取出身の私の友人が教えてくれたものです。彼女はこれがスタンダードな『どんどろけ飯』だって言い張ってましたけど、奥様が召し上がっていたものと同じかどうかは……」

「いいんです。実際に妻が食べられるわけじゃないし、半分は私の自己満足です。ここまでやって駄目なら、あきらめがつきます」

別に、妻が夢に出てくるのが嫌ってわけでもないし……と満寿夫は柔らかく笑った。

「それで満寿夫さんが、少しでもほっとできるなら……」

「十分です。実は息子が来月結婚するんですよ。いろいろな意味でやれやれです。ま、ちょっと気に入らない相手ではありますけど……」

そう言いながら満寿夫は、眉間《みけん》に小さく皺《しわ》を寄せた。

料理にまつわる思い出話ならまだしも、息子の結婚相手への不満まで聞かされるのは堪ったものではない。そもそも、初対面の相手にそんな不満を垂れ流すのはいかがなものか。

満寿夫の亡くなった妻への心配りを知ったあとだけに、万智はちょっと鼻白む思いだった。

こんな話はスルーに限る、と万智は話題を変えようとした。

ところが、そこに卓治が口を挟んできた。

「なんだか穏やかじゃないな。どんなところが気に入らないんだい？」

訊くほうが悪いとはいえ、良識のある大人なら適当に言葉を濁《にご》すだろう。ところが、余程堪りかねていたのか、満寿夫は息子の結婚相手への不満を怒濤《どとう》の勢いで語り始めた。

「とにかく家庭的じゃないんです。家事は好きじゃないし、得意でもない。仕事だって辞める気はない、って正面切って言うんですよ？　考えられますか？　しかも息子はすっかり丸め込まれて、家事は折半、子どもが生まれたら育児も協力してやろう、なんて言うんです。息子は大きな会社に勤めていて仕事がものすごく忙しいんです。その上、家事や育児なんて無理。稼ぎが悪いわけじゃないんですから、妻になる人には家に入ってもらって……」

そこで声を大にして異議を唱えたのは美空だった。

「ふっるーい！　今は共働きが当たり前。結婚したら家に入れなんてナンセンスですよ。いくら今の稼ぎがよくったって、明日には首になっちゃうかもしれないし、会社が潰《つぶ》れちゃうかもしれない。奥さんが仕事を辞めたくないって言ってるなら続けてもらうべき！」

いきなりすごい勢いで文句を言われ、満寿夫は目を白黒させている。それでも、彼は自説を曲げようとしなかった。

「そりゃあよそはそうかもしれません。でもうちの場合、妻はずっと家にいて、息子だって帰ってきたらおかえりって迎えてもらって、飯が出てくる生活に慣れてるんです。第一息子は、料理だってろくにできないし……」

「あー……それだわ」

今まで黙って話を聞いていた弘子が、おもむろに口を開いた。

「亡くなった奥様は『どんどろけ飯』が食べたかったわけじゃないと思いますよ」

一同が怪訝な顔をする中、弘子は正面から満寿夫を見つめて言う。満寿夫はますます訳がわからないという顔になった。

「奥様のお母様は、もともとお姑さんとうまくいってなかったんじゃないですか？」

妻の母と父方の祖母との確執は『どんどろけ飯』を作る作らない以前からあったのではないか。ただでさえうまくいっていないのに、夫が妻の嫌いな『どんどろけ飯』を食べたがり、姑が喜び勇んでそれを作る。もちろん夫は大絶賛、さらに嫁と姑の関係は悪化……そんな具合だったのではないか、と弘子は言うのだ。

「……そういえば、妻はよく言ってました。母と姑は犬猿の仲だった。自分はそんなふうになりたくない。どうせ同じ屋根の下で暮らすなら、お義母《かあ》さんとは仲よくやっていきたい、家事や育児にもアドバイスをもらいたいし、困ったときには助け合いたいって……」

その言葉どおり、妻は常に満寿夫の母を立て、礼節を尽くした。当然、満寿夫の母もそんな妻を我が子のようにかわいがった。おかげで妻が亡くなったとき、満寿夫の母は悲しみに暮れ、しばらく生気が抜けたようになってしまった。もしも満寿夫や孫の世話をする必要がなければ、立ち直ることができなかったかもしれない。

「妻は自分の母親を反面教師にして、嫁姑問題は一切起こさなかった。本当にできた妻だったんです」

満寿夫は誇らしげに妻を讃《たた》える。そんな満寿夫に、弘子はぐさりと釘を刺すような発言をした。

「……というようなことを満寿夫さんが言い続けたら、息子さんの奥さんになる人はどんな気持ちになるかしら」

「え……？」

「今聞いただけでも、自分の妻は、この子の母親は素晴らしい人だった。それに引き替え……って言ってるようにしか聞こえないわ」

このままいけば、嫁姑ではなく嫁舅問題が持ち上がる。とてもじゃないが、いい関係は作れそうにもない、と弘子は心配そうに言う。麻紀も大きく頷いた。

『どんどろけ飯』を巡る体験を思い出させることで、奥様はきっと、お母様とお姑さんみたいにならないで、って伝えたかったのね」

「女房を褒めるのはいいことだが、それが息子の嫁さんを貶《おとし》めることになっちゃ台無しだな」

卓治の諭《さと》すような言葉に、満寿夫はがっくり肩を落とした。

「そんなこと考えたこともなかった。ただ『どんどろけ飯』が食いたいんだとばかり。まさか、妻がそんな心配をしてたなんて……」

「事実かどうかなんてわかりませんよ。でも、その可能性はゼロじゃないと私は思うわ」

そう言うと、弘子は目の前の『どんどろけ飯』をじっと見つめる。さらに卓治が語《ご》呂合《ろあ》わせのような理屈をつける。

「『どんどろけ飯』は『かみなり飯』、奥さんの雷、ありがたく受け取るんだな」

「そうそう。間違っても、お嫁さんをいじめないようにね」

「大人しくいじめられるようなお嫁さんとは思えないけど、仲よくするためには心がけが大事よね」

参加者たちの言葉に、満寿夫は頭を抱えている。

「じゃあ、そんな妻の気持ちも知らず『どんどろけ飯』を供えようと、意気揚々とやってきた私はまったくの間抜けってことですね」

「そうとは限らないぞ。ここに来なければ、満寿夫さんは奥さんの意図に気付くこともなかった。それどころか、何杯『どんどろけ飯』を供えても、夢枕に立ち続ける奥さんに悩みまくることになったに違いない」

「卓治さん、満寿夫さんは別に、奥さんの夢は嫌じゃないって言ってるでしょ。それに、そもそもこれは私の想像に過ぎないし」

弘子は満寿夫を庇《かば》うように言うが、万智は弘子の想像は当たっていると思う。さもなければ、亡くなって二年も経った今、息子さんが結婚するタイミングで夢枕に立つはずがない。

ともあれ、満寿夫は今日、ここに来たからこそ妻のメッセージをちゃんと受け取ることができた。

妻の思いを理解した上で、手作りの『どんどろけ飯』を供えれば、彼女もきっと安心するに違いない。妻が夢に出てこなくなるのは寂しいかもしれないけれど、解けない謎に振り回されるよりもずっといい。

その後、二週間ほどして満寿夫がSNSを使ったメッセージをよこした。

作り方を習って帰った次の休日、満寿夫は早速『どんどろけ飯』を作ってみたそうだ。

一度作ったとはいえ、慣れない作業に苦心惨憺《くしんさんたん》、レシピと首っ引きでなんとか作り上げ、仏壇に供えたという。

『おまえの気持ちはわかったよ。大事なことを教えてくれてありがとう。お礼にこれでも食べてくれ。今ひとつかもしれないけれど、これまでのよりは旨いはずだから勘弁してくれな……

そんな気持ちで手を合わせたんです。心なしか、写真の妻が微笑んだように思いました。それから、妻が夢に出てきても「どんどろけ、どんどろけ」と言うことはなくなりました。内心、まったく出てこなくなったらそれはそれで寂しいと思っていましたが、私に言いたいことはまだまだあるようです。もっとも、私が妻に会いたい思いが、彼女を呼び出しているのかもしれませんが……』

メッセージの中のそんな言葉を読み終わった万智は、SNSのサイトを閉じながらにっこり笑う。

――とりあえず一件落着。それにしても、亡くなったあとまで息子さんのお嫁さんとご主人の関係を気にするなんて、本当にいい奥様だったのね……

しかも、問題が解決したあとも、時々ご主人に会いにくるなんて、すごくかわいらしい。ご主人がそれを喜んでいるのも素敵……

微笑ましいというか、亡くなってなお仲むつまじい満寿夫夫婦が羨《うらや》ましくてため息が出る。万智は、自分の料理教室がこんな形で誰かの役に立ったことが、なんだかとても嬉しかった。

トンテキに秘めた思い

「はーい。じゃあ、そろそろ始めましょうか。今日のお料理は『トンテキ』です！」

「よろしくお願いします！」

万智の元気な呼びかけに、あちこちに立っていた参加者が一斉に応える。

今日の参加者は四名、定員五名に対して一名足りない人数である。ここしばらく満席できていたけれど、さすがにこのスケジュールでは仕方がない。なにせ本日の開始時刻は午後四時、勤めを持つ者には参加しづらい、というよりもほぼ参加できない時刻だ。おまけに終了予定は六時半で、試食タイムが長引くことはよくあったし、教室をあとにするのは七時近いかもしれない。夕食の支度を始めなければならない家庭の主婦にとっても、参加しづらい時間帯だった。

料理教室の開催は、普段は午前十時開始の十二時半終了か午後一時半始まりの四時終了、あるいは夜間、午後七時開催の九時半終了のいずれかの時間帯なのだ。今日に限って午後四時開催としたのは、参加者のたっての希望からだった。

万智が、今度の教室を午後四時からにしてもらえないかという要望が書かれたメールを受け取ったのは四月下旬、『どんどろけ飯』の回の告知も終わり、そろそろ次の詳細を決めなければ……と思っていた矢先のことだった。

SNSのサイト上にキャンセル料についての記載はあったが、これは万智が長年旅行業に携わっていたせいに過ぎない。ほかに用事ができて参加できなくなった場合は、連絡をくれればいいし、ほかの参加者が見つかった場合はキャンセル料も取らない。それどころか、たとえ見つからなくても『まあ、仕方ないよね』なんてなあなあで済ませてしまうことが多かった。

そんなスタイルでやっている教室だから、あまりに早い告知は欠席を招きかねない……ということで、万智は実施の三週間から一ヵ月前ぐらいの期間に参加者募集をおこなうことにしている。次の回の詳細を決め、SNSで告知、実際に料理教室を開く前にその次の回の詳細を決める、というのが二年半かけて定着したパターンだった。

そんなこんなで、万智が午後四時開始希望のメールを受け取ったのは、まさに次回の詳細を決めようとしていた時期、『ちょうどいい』タイミングだった。

――午後四時開催か……ずいぶん中途半端《ちゅうとはんぱ》な時間……ってあら、この人まだ高校生だわ！

相手が高校生ならばこの時間帯は納得できる。

万智の料理教室は自宅を使っている。いくら完全二世帯住宅で玄関も台所も別々だったとしても、同じ建物に複数の他人が出入りするのは家族が落ち着かないだろう──そんな考えから、教室の開催は平日の昼間が中心、稀に夜間ということもあるが、日曜日や祝日には開かないようにしている。

きっとこの参加希望者は、万智のサイトにある開催記録を見て、今までどんな時間帯でおこなわれてきたかも調べたのだろう。その結果、これでは参加できない、なんとかしてもらえないだろうか、というメールを送ってきたに違いない。午後四時は授業が終わってから駆けつけられるぎりぎりの時刻だし、六時半に終わるならば高校生の帰宅時間としては問題ないはずだ。

なるほどそういうわけか、と納得した万智は、改めて差出人の住所や名前を見てみた。

もしかしたら子どもたちの友人、あるいはその家族かな、と精一杯記憶を探ってみたが、思い当たる人物はいない。住所も遠いし、やはりまったく知らない子だと考えざるを得なかった。

それにしても、面識のない大人相手にこういう要望メールを出せるなんてすごい。しかもこのメールは若者特有の砕《くだ》けた調子ではなく、いわゆる『手紙の書き方』といった文例集に出てきそうな礼儀に適《かな》った文章だった。

うちの子たちが高校生になったとき、こんなに整った文章が書けるだろうか。なにより、イベントの開催時間が不都合だからといって、主催者に自分に合わせて変更してほしいなんて伝えるとは思えない。せいぜい参加をあきらめ、別のイベントを探すのが関の山だろう。

ともあれ、これだけ礼儀正しい文章を書ける子が、自分勝手と取られかねないメールを送ってきたのだから、やむにやまれぬ理由があるのかもしれない。

とりあえず、話だけでも聞いてみるか……と考えた万智は、その高校生に連絡を取った。時間帯については検討するが、ほかにも……たとえばメニューについてもなにか要望があるか、と確かめてみたのである。

万智がメールを送ったのは午前九時半だった。返信は夜になってからだろうと思っていたら、十二時半過ぎにメールが届いた。なるほど、今時は携帯電話の持ち込みを認める学校が増えたのね、なんて思いながら読んでみると、メニューについての要望が書かれていた。

曰く、中年男性が好みそうなボリュームのある料理で、できればお酒のおつまみにもなりそうなおかずを教えてほしい、とのことだった。低予算で作れればありがたいです、という一文に加えて、自分は料理が苦手で学校の調理実習以外で料理をしたことがない、とも……

——中年男性向けでおつまみにもおかずにもなる、でもってボリューミー、なおかつ簡単。しかもうちの教室の趣旨からすれば、郷土色が強いもの……これはなかなか難しいわね……

すぐに思い付くことができず、万智はインターネットで検索したり、手元にある料理本やレシピノートをひっくり返したりした。そうやってようやく辿り着いたのが『トンテキ』、三重県四日市《よっかいち》市近辺の名物だった。

早速、メールを打って確かめてみたところ、彼女は『私の知らない料理ですが、とても美味しそうですね。是非それでお願いします』と返してきた。

もしかしたら知らないかもしれないと思ったら案の定、それでも、添えられた画像や万智の説明でどんな料理かは理解したらしい。ほっとした万智は、その後、彼女の予定を確認し、確実に参加できる日を選んで開催告知をおこなった。記事をアップしたのは午後五時三十分、今までに例のない時刻だった。

万智は、自分の教室は料理を学ぶ場であると同時に、人との出会いの場だと考えている。だからこそ、連続参加を前提に三ヵ月とか、十回とかという形ではなく、単発参加を認めているのだ。

満席になる前に申し込めるかどうか。告知に気付くかどうかも含めて、その日その場にいられる人たちはなんらかの『縁』で結ばれている——それが万智の考え方だ。

だからこそ、告知前に誰かのために席を確保することはせず、ただ、次回の告知はだいたいこのあたり、と連絡するに止《とど》めている。

これまでは午前中、遅くとも午後一番に告知するのが習いだった。今回に限って午後五時半にしたのは、言うまでもなく件の高校生の都合を優先してのことだ。

子どもを持つ親として、いくら持ち込みが認められているにしても、学校にいる間は学校生活に集中してほしいという気持ちがある。彼女は五時過ぎには帰宅すると聞いていたし、その時分なら対応しやすいのでは、と考えてのことだった。

配慮の甲斐《かい》あって、彼女は告知を待ちかねたように、一番で参加申し込みをしてきた。もしも彼女が申し込む前に、満席になってしまったら……とひやひやしていた万智は胸を撫で下ろしたのである。

こうして無事参加を決めた彼女――中村睦美《なかむらむつみ》は今、真新しいクマのイラスト入りのエプロンをつけ、参加者の一番端っこに立っていた。初参加の睦美に、お馴染みさんたちがちらちら目をやっている。きっと、これまでになく若い参加者に驚いているのだろう。

「では、今回も初めて参加される方がいらっしゃるので、簡単に自己紹介していただきましょうか」

「はーい。じゃ、私からね」

万智の呼びかけに、早速声を上げたのは下沢弘子だ。彼女はこの教室の第一回からの参加者で勝手がわかっているし、万智に一番近い場所に立っている。トップバッターに最適だった。

本日の参加者は下沢弘子、北浦卓治に加えて上出恵美《かみいでえみ》、そして睦美の四人である。

ちなみに上出恵美は四十代、兼業主婦だが子どもはいない。参加頻度は四ヵ月に一度ぐらいだろうか。普段はもっぱら夜に開かれる回への参加だが、今日は上司から溜《た》まっている有休を消化しろと言われて休みを入れていた。

無理やり休まされたものの、これといってやりたいこともない。ということで、料理教室に来ることにしたそうだ。

弘子、卓治、恵美……と並んでいた順に紹介を終え、最後に睦美の番になった。

周りは大人ばかりで大丈夫かな、と心配したが、彼女はメールの文章同様、とても礼儀正しく自己紹介を始めた。

「中村睦美と申します。年齢は十六歳、高校二年生です。今日は常磐先生……」

「できれば万智さんって呼んでくれる？　そのほうが慣れてるから。でもって、私も睦美さんてお呼びしていい？」

「もちろんです。では改めて。今日は万智さんにお願いしてこの時間にしていただいたおかげで参加することができました。万智さん、無理を言って申し訳ありませんでした」

そしてぺこりと頭を下げた睦美を見て、卓治と弘子が顔を見合わせた。

「しっかりしてるなあ……」

「うちの娘とは大違いだわ」

恵美もうんうんと頷く。

「弘子さんのお嬢さんどころか、あたしよりもずっとちゃんとしてるみたい」

「そんなことありません」

そこでもまた礼儀正しく否定し、睦美ははにかんだように笑った。

「でも、高校生でお料理を習いに来るって珍しいわよね。しかもスイーツの回ならまだしも、今日は『トンテキ』。なにかわけでもあるの？」

そう訊ねたのは恵美だ。こんな遠慮のない質問をぶつけるところを見ると、確かに彼女より睦美のほうが『ちゃんとしてる』かもしれない。

とはいえ、初めての参加者に参加理由を聞くのはよくあることだ。万智自身が気になっていたことでもあり、睦美はしっかりしているから、答えたくないようであれば上手に受け流すだろう。そう考えて見守っていると、睦美は案外さらりと理由を口にした。

「もうすぐ父の日なので、贈り物代わりに父に料理を作ろうと思ったんです。それも、普段食べたことがないような目新しい料理がいいなあと。でも、私はあまり料理をしたことがなくて、レシピの本を見てもうまく作れないかもしれないと不安になりました。それで教えてくれるところはないかと探したら、万智さんのSNSに辿り着きました」

料理教室は、何回か続けて参加することが前提のところが多い。食品メーカーなどが主催して、一回限りでおこなわれる場合もあるにはあるが、たいていは昼間、あるいは夜間で高校生は参加しづらい。なにより調べて出てきたメニューは、お洒落すぎてなんだか父親の好みに合いそうにない、と睦美は思ったそうだ。

これはアイデア倒れかな、と落胆しつつ、最後に『料理教室　一回限り　参加可能』という検索ワードで調べたところ、万智の教室がヒットした、とのことだった。

しかも過去の記事を見てみると、作っているのはもっぱら全国の郷土料理、睦美が知らない、それでいて父が喜びそうなメニューばかりだった。参加費用もお年玉の残りで間に合いそうだし、場所も通学定期の範囲内、これで時間さえなんとかなれば……と考えた睦美は、無理を承知で万智にメールを送ってみたそうだ。

「実は、十中八九聞いていただけないだろうなと思ってたんです。でも、ちゃんと返信をいただけて、時間ばかりか、メニューまで私の希望を聞いてくださいました。本当にありがとうございます」

そして睦美はまた、後ろでひとつに結んだ髪がぴょんと跳ねる勢いでお辞儀をした。

「父の日のプレゼントが娘の手料理か……。羨ましいなあ」

しみじみと呟いたのは卓治だ。彼は、自分にも子どもがふたりいるが、いずれも男、手料理どころか父の日のプレゼントなんてもらったことがない、と嘆く。

それを聞いてすかさず突っ込んだのは弘子だった。

「そんなことを言ったら罰《ばち》が当たりますよ。卓治さんは、『父の日のプレゼント』をもらったことがないだけでしょ？　お誕生日にはお祝いしてもらってるじゃないですか」

「そうそう。確か、今年のお誕生日にも、息子さんが奥さんやお孫さんを連れてきて一緒にご飯を食べに行ったって言ってたじゃない」

「ああ、確かに行った。俺たち夫婦と息子たちの家族、総勢九名の食事会。支払いも息子たちがしてくれた。でもな、俺は知ってるんだ。そういうとき、うちのかみさんは必ず支払いに見合うぐらいの金が入った封筒を持っていく。でもって、そっと息子に渡してやるんだ。それって祝われてるってことになるか？」

「あー裏キャッシュバックか。子どもの贈り物『あるある』ね。嬉しい反面、ちょっとだけ、あれれ？　って気持ちになるのはわかるわ」

卓治の恨み節に、恵美が大笑いしている。だが弘子の意見は違った。

「いいじゃない。とにかく、家族が誕生日のために集まってくれるんでしょ？」

大事なのは祝う気持ちであって誰が支払うかではない。しかも息子だけではなく、その妻や孫まで一緒に来てくれるのだ。贅沢《ぜいたく》を言うほうが間違っている、という弘子の指摘に、卓治は素直に頷いた。

「そのとおりだな。世の中には子どもが親の家に寄りつかない、あるいは、家に出入りするのは我が子だけ、連れ合いは一切顔を見せないって家族もあるらしい。それに比べりゃ、みんなが揃って『おめでとう』って言ってくれるだけありがたい」

「でしょ？　せいぜい感謝しておかないと、それこそ誰も来てくれなくなっちゃうわよ」

「はいはい。心得ておきます」

「ってことで、今日のお料理は『トンテキ』。睦美さん、お父さんに喜んでいただけるように、頑張りましょうね。では皆さん、まずはタレの調合から始めましょう」

万智の声で、参加者たちは一斉に醤油やみりん、ソースといった調味料のボトルに手を伸ばした。

午後五時半、おおむね予定どおりに調理は終了した。

ほかの三人がうまくフォローしたおかげで、料理に不慣れだという睦美もつつがなく仕上げることができた。とはいえ、もともとタレを合わせて焼いた肉にかけるだけという簡単なレシピだったから、三人のフォローがなくても失敗はしなかったかもしれない。

それでも睦美は、大人三人にしきりに礼を言いつつ、使い終わった調理器具なども率先して片付けたため、片付けは試食後と決め込んでいた大人たちは、またしても「なんてしっかりしてるの……」とため息を漏らすことになった。

参加者たちの様子を見守っていた万智は、睦美が洗い物で濡れた手を拭くのを待って声をかける。

「はい、お疲れ様でした。それではお待ちかねの試食タイムです！」

全員で両手を合わせて『いただきます』と唱和、五人は一斉に箸を取った。

真っ白な洋皿の上に、高級豚カツ店が出すような厚切りの豚ロース肉がのっている。肉にはグローブ状、つまり数ヵ所に最後の二センチほど残して切り目が入れてあり、上には茶褐色のタレがたっぷりかかっている。醬油の香ばしさとソースの甘酸っぱさが混ざったタレが鼻から食欲を刺激し、所々に見えているニンニクのスライスはボリューム感を期待させる。

付け合わせは千切りキャベツで、これは『トンテキ』の定義のひとつにもなっているそうだ。万智も過去に何度も食べたことがあるが、『トンテキ』には必ず千切りのキャベツが添えられており、温野菜はもちろん、レタスだったことも一度もなかった。

実は、最初に食べたとき、こんもり盛られたキャベツを見て、さすがに多すぎるのではないかと思った。だが実際に食べてみたところ、濃い味のタレは千切りキャベツにぴったりで、きれいに平らげることができた。箸休めとして、そして栄養バランスの面から考えても、山盛りの千切りキャベツは秀逸だと認めざるを得なくなったのだ。

その経験から、本日も付け合わせは山盛りの千切りキャベツに決めていたが、卓治は万智が用意したキャベツの量を見て、呆れたように言った。

「万智さん、これ全部刻むのか？　いくらなんでも多すぎるよ。俺たちは馬じゃないんだからさあ……」

「あら、これが『トンテキ』の標準量よ。キャベツは身体《からだ》にもいいんだからたくさん食べてね」

「そうそう。幸い、今年はキャベツの値段も落ち着いてるし、こういうときにいっぱい食べておかないとね」

弘子はそう言って笑ったが、たとえキャベツが高騰して一玉五百円などという状態であっても、やっぱり万智はこの量を指示しただろう。山盛りキャベツは『トンテキ』に必要不可欠だ、と主張して……

その後、苦手な人が練習しなくてどうする、という弘子のもっともな意見により、キャベツは千切りが不得意な卓治と初挑戦の睦美が刻むことに決まった。

万智が、固まりのままではなく、葉を一枚一枚剝《は》がしてから何枚か重ねて刻めばふんわり仕上げられる、と教えたところ、ふたりは神妙な面持ちで挑戦、ふんわりと軟らかそうな千切りキャベツが出来上がった。これには、最初は嫌がっていた卓治も大喜び、こんなキャベツならいくらでも食べられる、と自画自賛する結果となった。

「タレの具合はいかが？」

万智の問いに、恵美が嬉しそうに答える。

「ばっちりです。キャベツはもちろん、ご飯にもぴったり。これってもしかしたら、丼物《どんぶりもの》にもできるかも」

「大正解。既に『トンテキ丼《どん》』ってお料理もあって、かなりの人気だそうよ」

ご飯の上にキャベツ、その上に『トンテキ』、と説明する万智に、弘子がぽんと膝を打った。

「ああ、ソースカツ丼みたいなものね」

「なるほど、それは旨そうだ！　家で作るときは丼にしてみよう」

卓治は大賛成で、さらに、さすがに丼ならここまでのキャベツは必要ないよな、なんて呟いている。いくら上手にできたとはいえ、キャベツの千切りに対する苦手意識を払拭《ふっしょく》するのは難しかったようだ。

「睦美さんはどう？ お父さんにも気に入っていただけそう？」

「はい。これならご飯にもお酒にも合います。それにこのお味噌汁も、すごく美味しいです」

そう言って睦美が手に取ったのは、赤だしの味噌汁が入った塗り椀だった。

「うん、赤だしはいいよな。しかも具はシジミ。中高年にはありがたすぎる」

「睦美さんのお父様がお酒を召し上がる人なら、シジミはすごくいいわよ。あ、でも貝って好みが分かれる食材だけど大丈夫？ というか、あなた自身も……」

ただの好き嫌いならいいが、中にはアレルギーを持っている人もいる。何度も参加している人については、万智がある程度アレルギーや好き嫌いを把握しているが、睦美は初参加だ。お父さんも含めて大丈夫なのか、と弘子は心配そうに聞いた。だがそれはいらない心配だった。メニューを決めるにあたって万智は、睦美もその父もアレルギーはないし、むしろシジミの味噌汁は好物だと確認済みだった。

「大丈夫です。私も父も貝類は大好きなんです」

「じゃあ安心だわ。それにしても、最近はいろいろ便利になったけど、貝までこんなのができてるなんてね」

恵美は椀の中のシジミをひとつつまみ、しきりに感心している。

それもそのはず、今回万智が用意したのは水揚げされたまま袋詰めされたものではなく、レトルトパウチされたシジミなのだ。万智は、予備に置いてあった袋を取り出して説明する。

「これは普通に売られているシジミと違ってもう砂抜きしてあるし、保存期間も長いのよ。一年ぐらい保《も》つタイプだってあるわ。これなら、買ってはみたけど使いそびれて傷んじゃった、なんてことも起こらないでしょ？」

「一年！　それはすごい！　これがあればいつ二日酔いになっても大丈夫だな」

「卓治さん、それは全然大丈夫じゃないよ。二日酔いになるほど呑んじゃ駄目！」

娘に近い年齢の恵美に諭され、卓治は後ろ頭を掻いている。いずれにしても、レトルトパウチされたシジミは料理初心者にも気軽に使える食材だった。

「じゃあ、睦美さんの父の日メニューは『トンテキ』とシジミの味噌汁で決まりね。あとはなにかお野菜の料理をつけるといいんだけど……」

「この間、学校で小松菜のおひたしを習いました。あれなら作れると思います」

「小松菜！　それは素敵ね。おひたしはお醤油とみりんやお酒を合わせるタイプ？」

「はい。あ、胡麻《ごま》も入れました」

「じゃあ、胡麻和えね。胡麻和えはいろいろな食材に応用できるから覚えておくと便利だけど、せっかくだから、もうひとつ覚えていって」

もうひとつ？　と首を傾げた睦美に、万智は早速『小松菜のナムル』の作り方を教えた。

「小松菜を茹でるのも、お醤油とみりん、お酒を合わせるのも同じ。ただ、擂《す》り胡麻の代わりにおろしニンニクを入れてみて。あとはお好みで鷹《たか》の爪《つめ》。なければ一味唐辛子でもいいわ。それで『小松菜のナムル』の完成よ」

ニンニクは疲労回復にもってこいの食材だ。睦美の父は仕事が忙しそうだし、年代的にも疲れが抜けにくくなっている。胡麻はもちろん身体にいいが、たまにはニンニクを使った料理もいいのではないか、と万智は考えたのだ。

「万智さん、本当にありがとうございます。うちの父はニンニクを使った料理が好きなので、喜んでくれると思います。それに、こんなお料理がさっと作れたら、母や祖母も私に対する見方を少し変えてくれるかもしれません」

睦美の口から初めて父以外の家族の話が出て、万智はちょっとほっとした。今まで一切話題に上らなかったから、父親とふたりきりで暮らしているのかもしれないと考えていた。だとすると、もっといろいろ手軽に作れる料理を教えるか、レシピだけでも渡してやりたいと思っていたのだ。だが、今の話だと睦美は両親や祖母と一緒に暮らしているらしい。もしかしたら姉妹もいるのかもしれない。

けれど、父親以外の家族がいるとわかったとたん、別な疑問が湧《わ》いてきた。母親ばかりか祖母まで一緒に暮らしているなら、睦美はなぜ彼女らから料理を教えてもらわなかったのか……

ところが、訊ねるべきか、触れずにおくべきか、と万智が悩んでいる間に、恵美がまた遠慮のない質問をした。

「お母さんやお祖母《ばあ》さんが見方を変えるってどういうこと？」

「実はうちの母と祖母は、私をとても大事にしてくれていて、私にはそれが少し重荷なんです」

「重荷……もしかして過保護ってこと？」

恵美の問いに、睦美はこくんと頷いた。

帰宅が少しでも遅れるとすぐに携帯電話に連絡が入るし、返信するまで何度も続く。門限に遅れようものなら、玄関先まで出てきてうろうろしながら待っている。家にいるときも、包丁を握るなんてもっての外、料理なら私たちがするから、と台所から追い出されてしまう。

そんなわけで、睦美は料理をする機会もなく高校生になってしまった。友だちは皆、普通に台所に出入りして料理を教えてもらったり、彼氏に贈るスイーツにチャレンジしたりしているのに、自分は調理実習で作った料理がやっとだ。これでは将来自分が困る、と考えた結果、睦美は、外で料理を習えないかと画策したという。

「え、でも……おふくろさんやお祖母さんがその状態じゃ、台所に入って料理をするのは難しいんじゃないのか?」

せっかく作り方を習っても実践できなければ意味がない、と卓治は心配そうに言う。だが睦美は、それは大丈夫です、とにっこり笑った。

「今度の日曜日、母と祖母は朝からお芝居を観に行くんです。たぶん、帰ってくるのは六時ごろになると思うので、母たちが戻る前に夕食の支度をしてしまおうかと思ってるんです」

母と祖母は芝居が大好きで、時々連れ立って劇場に出かけていく。帰りが遅くなる日は、待ち合わせて外食に行くか、彼女らがお弁当などを買ってくることもある。今度の日曜日は、父の日ということもあって、外食することになるだろう。

幸い、この日曜日は歌舞伎《かぶき》を観る予定らしい。おそらくふたりとも和服で出かけるし、そういった場合は外食をするにしてもいったん着替えに帰ってくる。着物を汚したくないのと、帯が苦しいという両方の理由からだそうだが、その時点で夕食ができていれば、外食は中止、睦美が作った料理を食べることになるだろう、というのが睦美の作戦だった。

「なるほど……本当によく考えたわね」

「苦肉の策です」

弘子の賞賛に、睦美ははにかんだような笑みで応えた。そして、ふと壁に掛かっていた時計に目をやり、ぎょっとした顔になる。

「いけない……もう六時半になっちゃう……」

「大変、門限に遅れちゃうわ。睦美さん、食べ終わったのならこのまま帰っていいわよ」

「え、でも片付けが……」

「あなたはさっき調理器具を片付けてくれたでしょ？　だから大丈夫。遅くなるとおうちの人も心配するから」

睦美の家の門限は午後七時だという。それこそが、睦美が午後四時から六時半という時間設定を望んだ理由だった。

「今時門限があるなんて珍しいが、大作戦決行前におふくろさんたちに『門限も守れないなんてやっぱりまだまだ……』とか思わせるのは得策じゃない」

「そのとおり。急いで、睦美ちゃん」

卓治と恵美に促《うなが》され、睦美は大慌てでエプロンを外した。そこではっと気付いて、食器をまとめてシンクに運んだあと、お先に失礼します！　と一礼して出ていった。

「はあ……ほんと、なにからなにまでよくできた子だったわねえ……」

大慌てなのに大きな音を立てるでもなく閉められたドアを見て、弘子がため息をついた。『トンテキ』の最後の一切れを口に放り込み、卓治が言う。

「末頼もしいね。また来てくれるかな……」

「どうかしら……。お料理を習いたい気持ちはあるでしょうけど、今回は時間をずらしてもらってようやく参加できたんでしょ？　また同じような時間にならない限り無理じゃないかな……」

「午後四時開始っていうのは普通だと辛いよなあ……。なにより、万智さん自身が大変だ」

子どもがいない恵美は、教室に参加するときは夫にも外食してもらっているそうだし、卓治は今日は夕食はいらないと断ってきただろう。

弘子は帰ってから家族の食事を作っているようだが、普段から家族の帰りは八時前後らしいから、下準備を済ませてあれば十分間に合う。

万智にしても今日のメニューの『トンテキ』は家族の分まで食材を用意してあるから、あとは焼くだけだ。ずっと外で働いてきた身としては、せっかく家にいるようになったのだから子どもたちを「おかえりなさい」と迎えてやりたいという気持ちがある。

　午後六時半というのは、息子の帰宅に間に合うかどうか危ういし、娘も普段ならとっくに家にいる時間だ。普段なら、というのは今日はたまたま塾がある日で、娘は目下最寄り駅前にある塾で勉強中だからだ。だが、塾があるということはいったん帰宅してから出ていくということでもある。

　万智としては、学校から帰宅した娘におやつのひとつでも食べさせてから送り出してやりたいという気持ちが強いのだ。自宅でできて時間も自由になる、という条件がなければ、料理教室を始めることはなかっただろう。要するに、今回は本当に特例で、同じ時間の開催を続けるのは難しいというのが正直なところだった。

「睦美さんについては一回限りのスポット参加、後日談でも教えてもらえれば御《おん》の字、ぐらいに考えておいたほうがいいと思うわ」

　結論づけるような万智の言葉に、参加者たちは極めて残念そう。それでもなにを言うでもなく後片付けを始めた。

＊＊＊＊＊＊＊＊

　万智の教室初の高校生参加となった『トンテキ』回を無事終わらせた日、万智は息子と一緒にリビングダイニングでテレビを見ていた。

万智には、中学一年生の息子と小学校四年生の娘がいて、息子の紀之《のりゆき》はたいてい午後六時半から七時ぐらいの間に帰宅する。娘の千遥は、普段なら紀之よりずっと早く帰宅するのだが、今日は週に二日の通塾日で、帰宅が午後八時近くになる。

通常、保行は午後八時頃帰宅する。したがって、常磐家の食事時間は、塾がない日は紀之が帰宅する七時前後、千遥が塾に行く日は八時半ごろとなっている。

小中学生の食事時間としては少々遅いけれど、週に二日のことだし、家族の団欒《だんらん》は大事にしたい。万智としても、支度や片付けが一度で済んで助かる、という理由からだった。

それでも、中学一年生の男子に、空《す》きっ腹《ぱら》を抱えて八時過ぎまで夕食を待てというのはあまりにも酷だ。ということで、千遥が塾に行く日、紀之は帰宅するなり小さめのおにぎりやロールパンサンドを食べる。夕食に差し支えるのではないか、と思わないでもないが、さすがは育ち盛り、おにぎりを一個食べたぐらいではなんの影響もない、むしろ呼び水になってお腹が空いてくるという。しかも、食べているのが六時半から七時の間で夕食まで一時間以上ある。まったく問題ない、というのが本人の弁だった。

そんな調子で、今日も帰宅するなりおにぎりを食べたものの、抑えきれない空腹感と闘いながら、妹の帰宅を待っていたのである。ちなみに、今日は保行から、残業で夕食に間に合わないという連絡があったから、千遥さえ帰宅すれば直ちに夕食、という運びだった。

「あ、帰ってきたみたい。お肉を焼くわね」

玄関のドアが開く音を合図に、万智はソファから立ち上がった。

がちゃり、とドアが閉まる音がしたあと、すぐにまた今度は引き戸が開く音がする。おそらく千遥が洗面所に行ったのだろう。何度言っても守らない紀之と違い、帰宅後すぐに手洗いとうがいをするのが彼女の習慣だった。

タレが入ったボウルをコンロの横にセットし、温まったフライパンに肉を入れ……というところで、リビングダイニングのドアが開いた。

「おかえり。ご飯、すぐできるからね」

万智はもちろん、『ただいま』という言葉といつもの笑顔を期待した。ところが、フライパンの中身と隣にあるタレのボウルを一瞥《いちべつ》した千遥は、妙に低い声で言った。

「……いらない」

そして千遥は踵《きびす》を返し、足音高く自分の部屋に向かった。

万智はあっけにとられ、紀之と顔を見合わせる。

「なにか面白くないことでもあったのかしら……」

「どうせ席順でも下がったんだろ」

千遥が通っているのは中学受験のための塾で、定期的におこなわれるテストによって席順が決まる。成績がよければよいほど前の席に座れるのだ。紀之によると、先週の日曜日のテストで、どうやら千遥はいい点が取れなかったらしい。

「なんでそんなことがわかるの？　あの子、あんたになにか言った？」

兄妹《きょうだい》仲はそれなりによいが、テストの出来を話し合うほどではなかったはずだが……と万智は首を傾げた。そんな万智の問いに、紀之はあっさり答えた。

「言うわけないじゃん。ただ、通りかかって部屋を覗いたら答え合わせをしてるみたいだったし、そのあとクッションだのなんだのぶつけまくる音が聞こえた。ばふっ！　ぼふっ！　ってそりゃあすごい勢いだったよ。あの分じゃ、相当やらかしちゃったんじゃないの？」

実は、紀之は中学受験を経て私立中学に通っている。しかも、今千遥が通っているのは、かつての紀之と同じ塾なのだ。経験者だけに紀之は、テストのあとの立ち居振る舞いで成績の良し悪しを察することができるのだろう。

「席順が下がったっていっても、次のテストまでのことでしょ？　次で頑張ればいいじゃない」

「前の席にいる奴《やつ》らはみんな頑張ってる。お母さんが言うほど簡単じゃないんだよ。それに、あいつにしてみれば、下がったってこと自体が許せないんだろ。勉強しなけりゃ結果が出ないのは当たり前なのにさ」

「そんなふうに言うもんじゃないわ。あの子だって一生懸命やってるんだから」

「一生懸命？　でも部屋で寝転がって本ばっかり読んでるよ。さもなきゃ、スマホを弄《いじ》ってる」

「そうなの？」

「お母さんは知らないだろうけど、あいつはだらけ放題だよ。勉強なんて全然やってない。俺には、なんであいつが受験したいなんて言い出したのかわからないよ」

「それは……」

千遥が中学受験を志したのは、半分は自分たち家族のせいだと万智は思っている。兄が中学受験をしたのだから、同じ選択肢は妹にも与えられるべきだと考えた保行と万智は、小学校三年生だった千遥に体験テストを受けさせた。

千遥は学校の成績は悪くなかった、というよりも優等生と呼べるレベルだったため、体験テストの成績も良好、塾では一番上のクラスを勧められる結果となった。

紀之ですら二番目のクラスがやっとだったのに、千遥は最上位クラス。千遥は大喜びで入塾を希望、親たちも賛成した。

けれど、自ら中学受験をしたいと言い出した紀之と異なり、千遥は体験テストの結果に舞い上がっての入塾、小学校三年生だった彼女には、中学受験のなんたるかなんてわかっていなかった。しかも幸か不幸か、紀之はしゃかりきになって勉強するでもなく、第一志望の中学に合格してしまった。ただしそれは、彼が自分の成績に見合う志望校を選択していたためで、塾に言われるままに少しでも偏差値が高い学校にチャレンジしていたら、また違う結果になっただろう。

塾の先生や相談役であるチューターは何度も、君ならもっと『上』の学校を目指せる、実際に進学するかどうかは別にして挑戦してみてはどうか、と言ってきた。

万智としても、偏差値が高いということはそれだけ人気がある、すなわちよい学校なのだろうと考えていた部分があったし、上を目指して頑張ることは悪いことではないとも思っていた。だからこそ、とりあえず挑戦してみてはどうかと勧めてみたのだ。けれど紀之は、偏差値の高低になんて興味ない、自分が行きたいと思う学校じゃないと頑張る気になれないと言い張った。入試問題にだって特徴がある。行くつもりのない学校に向けての勉強は無駄としか思えないと……

その時点で紀之が行きたいと言ったのは、英語教育に力を入れていて、長期休暇の際、中学生は全員、高校でも希望者は全員短期留学できるというのが売りの学校だった。万智がかつてツアーコンダクターだったことも影響してか、紀之は海外の国々に深い興味を抱いている。そんな彼にとって、英語というのは必要不可欠なスキルだったのだろう。

もっと偏差値が高くて、英語に力を入れている学校もある。けれど、生徒全員に海外留学を約束し、何年もかけて準備をする学校はほかにない。それが、紀之の志望理由だった。

万智も保行も、一時間という通学時間を気にした。中学ともなると教科書の重さだって半端《はんぱ》じゃない。小学校を終えたばかりで身体だってまだ小さいのに、重い鞄《かばん》を抱えての通学はさぞや大変だろうと考えたのだ。だが、本人は平気の平左《へいざ》。身体なんてそのうち大きくなるし、電車通学ならずっと鞄を抱えていなければならないわけでもない。なにより、通学電車は最寄り駅が始発だから、座っていける確率が高く、体力的にもそんなに心配はないはずだ、というのが紀之の弁だった。

誰になんと言われようと自分の意志を貫《つらぬ》くという意味で、紀之はかなりの強者《つわもの》だったと思う。そして彼は、マイペースに受験勉強に取り組み、死にものぐるいとはほど遠い状況で第一志望校に合格したのだ。

いずれにしても、兄の様子を見ていた千遥は、中学受験なんて適当にやっていればなんとかなる、そう難しいものではない、と感じてしまったのだろう。

ところが、いざ塾に入ってみたらあまりにも勝手が違う。紀之が在籍していた二番手クラスと、千遥が入った最上位クラスでは授業日数、進度、宿題の量に至るまで段違い。解いても解いても終わらない問題集に悲鳴を上げることになってしまった。

それでも千遥は千遥なりにプライドがあったらしく、クラスが落ちないように頑張っていた。だが、入塾して三ヵ月目に、とうとう最上位クラスには留まれない成績を取ってしまった。

頭では、また頑張って戻ればいいし、戻れなくても二番手クラスだって中学受験は十分可能だとはわかっている。公立中学に進むという選択肢だってある。けれど気持ちが付いていかなかったのだろう。千遥は泣きわめき、ノートや問題集を壁にぶつけた。それなのに、見かねた保行が中学受験をやめることを提案しても、断固として聞き入れなかったのである。

「あたしだって、私立中学に行きたい。今の学校の子たちと、同じ中学になんて行きたくない」

それが、目を泣きはらした千遥の言い分だった。聞いた家族は半ば呆然《ぼうぜん》、それまで千遥が学校の人間関係で躓《つまず》いているなんて考えてもいなかったのだ。

さらに悪いことに、千遥は具体的なことを一切語らなかった。誰かにいじめられているのか、だとしたら原因はなんなのか。何度聞いても、貝のように押し黙ったまま……。やむなく夫婦揃って学校に相談に行ったが、担任は千遥が悩んでいる事実にすら気付いていなかった。

「クラスに問題はありません。千遥さんの考えすぎです。まあ、千遥さんは優秀だから、やっかむ生徒はいるのかもしれませんけど」

万智より少し年上だという女性教師は、そう言ってうっすら笑った。

優秀な生徒はやっかまれて当然、と言わんばかりの台詞に、万智は頭に血が上りそうになった。

それでも、そんな生徒を指導するのが教師の仕事だろう、と言い返したい気持ちをぐっと抑えて帰宅したのは、保行が反論しなかったことと、そんなことをしてもこの手の教師は反感を覚えるだけで千遥にとって不利にしかならないとわかっていたからだ。

結局、なにか問題はあるものの、その本質には辿り着けず、千遥の『みんなとは違う学校に行きたい』という意思だけが残った。そしてその意思は、最上位クラスから外れた時点で『どこでもいいから』という一語を含むものになったのである。

紀之は言う。

「とにかく今の学校の連中と違うところに行けさえすればいいなら、勉強なんてするわけないよ。私立中学なんていくらでもあるんだもん。千遥は今でも学校の成績はすごくいいし、塾でも俺と同じクラス、このままいけばどこかには入れると思う。俺の例があるから、お父さんやお母さんも、こんな偏差値の学校じゃ私立に行く意味ない、なんてことは言わないだろうし」

偏差値の高低ではなく学校との相性、六年間充実した生活を送れるかどうかが大事──それは、紀之が受験するにあたって、万智が痛感させられたことだった。

「だったら、席順が下がったくらいでそんなに暴《あば》れないでしょ？」

「どうせ塾の先生になにか言われたんだろ。まあ、席順が下がっても平然としてるようじゃ、本当にどこにも入れなくなっちゃうから、それぐらいでいいんじゃない？」

そう言いつつ、紀之は両手を合わせた。

「ってことで、食べていいんだよね？」

ふと見ると、食卓に『トンテキ』と山盛りキャベツがのった皿、味噌汁椀、水菜のサラダが並んでいる。話をしながらも、手は自動的に食卓を整えていたらしい。

『トンテキ』はもちろん、粉末の鶏ガラスープと塩昆布、胡麻油を混ぜ合わせたものに、刻んだ水菜を加えて作るサラダもいつもどおり。先に和えては水っぽくなるからと、仕上げだけ残しておいたのだが、心ここにあらずの状態で作ったにしては上等の出来映え、トッピングの天かすも忘れていなかった。

千遥の行動に対する不安と、ほんの少しの満足とともに、万智は紀之に食事を促す。

「あ、うん……どうぞ召し上がれ」

「いただきます。あーお腹空いた！　こんなことなら待ってなきゃよかった」

そして彼は箸を取り上げ、『トンテキ』を一切れ挟もうとして、空っぽの茶碗に気付いた。慌てて茶碗にご飯をよそって差し出すと、満足そのものの顔で『トンテキ』をご飯にのせる。

「これ、いつものポークソテーと違うけど、なんて料理？」

「『トンテキ』っていうの。今日の料理教室で作ったメニューよ」

「へえ……。旨いね。それに、このタレが滲みたご飯が最高！」

がつがつと食べ進む紀之、空腹に違いないのに部屋にこもってしまった千遥。

仕方がない。あと一時間ぐらいで保行が帰ってくる。千遥については、彼が食事を取るときにもう一度声をかけよう。そのころには少しは気持ちも落ち着いているだろうし、父親が一緒に食べようと誘えば、彼女も食卓に着くかもしれない。

重い気持ちのまま自分の部屋にいるだろう千遥を思って、万智は深いため息をついた。

帰宅した保行は、食卓に残っている千遥の食器を見て眉《まゆ》を顰《ひそ》めた。

時刻は午後九時三十分。今日に限ってこの時間になってしまったのは、取引先でトラブルがあり、急遽《きゆうきよ》駆けつけなければならなかったせいらしい。

保行にしてみれば、この時間になっても食器が残されていることが疑問だったのだろう。

「千遥はまだ食べていないの？　まさか、まだ塾から戻ってないとか？」

「ごめんなさい。戻ってはいるんだけど、食べたくないって……」

「食べたくない……。学校でなにかあった……あ、今日は塾か……」

曜日を確かめ、保行は軽くため息をついた。このところの千遥の様子から、問題があるとしたら学校より塾だろうと見当をつけたらしい。

「紀之は、塾の席次が下がったんじゃないかって……」

「席次か……次に頑張ればいいだけのことだろうに……」

「私もそう思うんだけど……」

保行に曖昧に頷いたあと、万智は、豚肉をフライパンにのせようとして手を止めた。

紀之に食事をさせた際に千遥の分も焼いた。だが、それはもうすっかり冷めている。もしも千遥が食事をするのであれば、温め直すよりも新しい肉を焼いてやりたい。焼きたての肉のほうが美味しいに決まっているからだ。

既に焼いてある分は、明日のお弁当に回せばいい。紀之の学校は給食がないから、お弁当用に肉を一枚余分に用意してあるのだ。けれど、新しい肉を焼いたところで、彼女が降りてこなければ意味がない。焼き冷ましの肉が増えるだけだった。

どうしようかと保行を窺《うかが》うと、彼は万智の手元にある豚肉に目をやった。即座に、万智の迷いを感じ取ってくれたらしく、保行は指を二本立ててみせる。おそらく、ふたり分焼いてくれという意味だろう。フライパンに二枚の肉が入れられたのを確認し、保行はリビングと玄関を隔《へだ》てるドアを開けた。

「千遥、ただいまー！　お父さん、ひとりで飯を食うなんて寂しいぞー！　一緒に食ってくれー！」

そんな声を上げながら、保行は廊下を歩いていく。千遥に声をかけがてら、着替えも済ませるつもりだろう。

大丈夫かな……と心配しながら待っていると、ものの数分で保行は戻ってきた。そして、保行の後から、気まずそうな千遥が現れた。

彼女は、フライパンの中の豚肉を見て、やっぱりちょっと眉を顰めたが、保行はお構いなしに歓声を上げる。

「おお、待望の『トンテキ』！　なんて旨そうな匂いだ！」

「もうすぐ焼けるから。あ、なにか呑む？」

「そうだな。ビール……いや、軽めの缶酎《ちゅう》ハイにするか。千遥、悪いけどちょっと取ってきて」

食卓に着いた保行は、当たり前みたいに千遥に指示を出す。千遥は別段嫌な顔もせず、冷蔵庫に向かった。

「酎ハイ、何味?」

「なにがある?」

「レモン、グレープフルーツ、ピーチ……あ、シークヮーサーもある」

「シークヮーサーがいいな」

「コップもいる?」

「いらん、いらん。洗い物が増えるだけだ」

酎ハイを渡された保行はすぐさまプルタブを開ける。プシッという音がするや否や、ぐびぐび……と立て続けに五口ほど呑んだ。

「旨い!ってところに『トンテキ』登場!あー腹減った!」

目の前に置かれた皿に合掌し、保行は熱々の豚肉を頬張《ほおば》る。さらに、立ったままでいる千遥に自慢そうに言う。

「食わないのか?この『トンテキ』のタレ、お父さんがお母さんに教えたんだぞ」

「え、お父さんが?」

「そう。今日の料理教室は『トンテキ』だったんだ。で、『トンテキ』を作るって決めたお母さんが試作して、味見を頼まれた。よっしゃ任せろ、って食ってみたんだけど、知ってる味と違うんだよ。しょうがないから、市販のタレも買ってきて味見したけど、やっぱり違う。こりゃ駄目だ、ってことで一からレシピを調べて、ようやく辿り着いたのがこの味！」

　さあ食ってみろ、と言われ、千遥も箸を取る。一口かじってみて、目を丸くした。

「美味しい……これってお祖母ちゃんが作ってくれたのと同じだ……」

「そうか！　千遥がそう言ってくれるなら間違いないな！」

「懐かしいなあ……。お祖母ちゃん、幼稚園の運動会にお弁当を作って見に来てくれたことがあるんだけど、そのときにもこの『トンテキ』が入ってたよ」

「え、そうなのか？　運動会なら必勝祈願で豚カツじゃないのか？」

「そうかもしれないけど、お祖母ちゃんはあんまり好きじゃないって言ってた。それに、『トンテキ』なら冷めても美味しいって。それ以外にも何回か作ってもらった。たぶん、唐揚げとかよりずっと『トンテキ』のほうが多かったよ」

「そうか……。確かにお祖母ちゃんは、揚げ物が苦手だったな。じゃあ、千遥にとっては『トンテキ』はお祖母ちゃんの思い出の味だったのか」

「思い出の味ってほどのことでもないけど……。ごめんなさい、やっぱり思い出の味なのかも。だから、お母さんが料理教室のついでに作ったのか、と思ったらちょっと……」

　そう言いながら、千遥はすまなそうに万智を見た。保行は、ため息まじりに言う。

「ついでじゃなくて、両方一緒に用意しただけだろ。でも、味付けはお父さんオリジナル……正確には、お祖母ちゃんのオリジナルだ」

「うん……わかった……」

そして千遥は、万智に向かって頭をぴょこんと下げた。反抗期の真っ盛りである彼女にとって、それが最大限のお詫びなのだろう。

「そういうことだったの……。私もちゃんと説明すればよかったわね」

「……ってことで一件落着。千遥も冷めないうちに食べろ」

「うん。あ、お父さん、今度私にもこのタレの作り方を教えてね」

「それはかまわないけど、千遥は『トンテキ』を作れるようになりたいのか？」

「うん。だってこれ、すごく美味しいし、お祖母ちゃんの味を覚えておきたいもん」

もう本人には訊けないしね、と千遥は寂しそうに言った。保行の母が亡くなってから四年近くになる。せっかく再現された味なのだから、是非とも覚えたいと思うのも無理はなかった。

保行が一瞬、しまった……とでも言いたそうな目で万智を見た。それでも、すぐに表情を変え、千遥に笑顔で応える。

「わかった。じゃあ、今度の日曜日にでも一緒に作ってみるか」

そこで千遥は、壁に掛かっているカレンダーに目をやり、日曜日か……と呟いた。

保行が怪訝そうに訊ねる。

「どうした？　あ、もしかして日曜日はまた塾のテストか？」

「ううん、大丈夫。来週はテストはないよ。それに、父の日だからちょうどいいし」

「父の日なのに、俺が千遥に料理を教えるのか？」

「娘と並んで台所に立てるんだよ？　すごいプレゼントじゃない。とにかく、日曜日よろしくね！」

「はいはい。じゃあ、材料も買っておかないとな」

豚肉とキャベツと……と数え上げながら、保行は食事を進める。その後、千遥は小さいころ祖母に作ってもらった料理について、楽しそうに保行と話しつつ、夕ご飯を完食。ごちそうさま、と部屋に戻っていった。

千遥が去ったのを確認し、保行は両手を膝について頭を下げた。

「ごめん、悪かった」

「それはなにを謝ってるの？」

千遥の態度についてなのか、それとも『トンテキ』のタレについてなのか、はたまた急遽開催が決まった親子料理教室についてなのか……

そのどれか、あるいは全部だったにしても、謝られるようなことではないと万智は思っている。だが、保行の考えは違うらしい。

「あいつがあんなに気むずかしいのは俺のせいだ」

「俺のせい？　どうして？」

「あいつさ、俺の小さいころにそっくりなんだ。なんでそんなこと？　と思うような些細《ささい》なことで大噴火して当たり散らす」

「そんなの子どもなら誰にだってあることよ。あなたは知らないだけで、紀之だって機嫌が悪い日はあるもの」

「そうなのか？　わりといつも機嫌よくしてるのは、君に似たからだと思ってたけど」

「あの子は、小さな問題なら自分でなんとかするし、大きな問題はそう簡単に解決できるもんじゃない、ってわかってるの。どうにもならないなら、黙ってるほうが波風が立たないとでも思ってるんでしょ。そういうのってかえって面倒くさいわ」

子どもの「どうにもならない」と大人のそれは違う。大人の知恵で解決できることはいくらでもあるのに、助けを求めてすらもらえないのでは手助けのしようもない。いちいち、気配を察して問題の所在を探らなければならないのは、とても疲れる。

そんな万智の愚痴《ぐち》めいた意見に、保行は一瞬目を泳がせた。きっと、確かにそれは万智と紀之に共通してある面だと思ったのだろう。だが、あえてそれには触れず、彼はさらに反省を続けた。

「とにかく今日の千遥は機嫌が悪かった。それを俺は『トンテキ』で直させた。これはお祖母ちゃんの味、つまり俺の『おふくろの味』だって教えて気を引いた。最悪だよ」

「試作のとき、やけに熱が入ってると思ったら、これってあなたの『おふくろの味』だったのね。てっきり、どこか外で食べたんだとばかり……」

意外な事実、というよりもそれに気付かなかった自分の迂闊《うかつ》さがおかしかった。

保行は大学への進学を機に上京し、そのまま東京にある会社に就職したが、出身は三重である。だからこそ万智は彼に『トンテキ』の試食を頼んだし、タレの調合についても意見を求めたのだ。

彼が試行錯誤の末にタレを完成させたときも、昔通っていた『トンテキ』専門店の味なのだろうと思っただけで、家で作っていたなんて考えもしなかったのだ。

保行の母、弓子が亡くなったとき千遥は六歳だった。今でも味を覚えているところをみると、余程口に合ったのだろう。だからこそ、保行に作り方まで訊ねた。千遥にとって『トンテキ』はお祖母ちゃんの味であり、お祖母ちゃんの思い出そのものなのだろう。

ただでさえ成績が下がって機嫌が悪くなっていたのに、夕食のメニューが『トンテキ』だった。

千遥は、お祖母ちゃんの思い出の料理を万智が作ったこと自体が気に入らなかったに違いない。

もしかしたら、千遥自身、ちょっと自信がなかった可能性もある。覚えているつもりでいても、最後に食べたのは遠い昔、万智が作った『トンテキ』に記憶の上塗りをされかねない。

お祖母ちゃんの味を忘れてしまうのが嫌で、千遥は夕食を拒否した。ところが、実際に作ったのは万智にしても、それは父が教えた『お祖母ちゃんの味』だという。それでは、と食べてみたら、記憶にあるとおりの『お祖母ちゃんの味』。

私はお祖母ちゃんの味を忘れていなかった――ということで千遥は安堵し、やっと機嫌を直したのだろう。

「娘の機嫌を取るのに、おふくろの料理を持ち出すなんて最悪だ。そもそもタレについて訊かれて、おふくろの味を教えちまったところから大間違いだ。しかも、万智の『トンテキ』、おふくろが作ったのよりずっと旨かったのに……」

「え、でも『トンテキ』の味はタレ次第よ。タレがお義母《かあ》さんの味なんだから、美味しかったんだとしたらそれはお義母さんのお手柄《てがら》よ」

「いくらタレが同じでも、肉の下味の付け方とか、焼き方そのものとかが違えば、出来映えだって変わってくるだろ？　千遥は数回だろうけど、俺にとっては昔からずっと食ってた味だ。どっちが旨いかぐらいわかる。それなのに、全部おふくろの手柄にしちまった。夫婦喧嘩《げんか》の火種をまき散らしたようなもんだよ」

「なんだ、そんなこと……」

万智は思わず笑い出してしまった。

保行は自分のやり方についてしきりに詫びているが、万智は全然気にならなかった。彼は、それが一番手っ取り早い解決方法だと考えたのだろうし、実際にほかにいい方法があったとは思えない。

現に、千遥は帰宅時とは打って変わった穏やかな表情で部屋に戻っていった。あのまま食事もせずに部屋に閉じこもられるよりも、ずっといい。

子どもというのは、とかく気分が変わりやすい生き物だ。些細なことで怒ったり笑ったりを繰り返すし、思い込みで簡単に他人や自分を傷つけもする。しかも、その傷の癒《い》やし方も身につけていないのだ。だからこそ大人が見守り、手助けする必要があると万智は思っている。

自分で生み出した、あるいは他人によってもたらされた小さな棘《とげ》を、その都度きちんと取り除いてやることが大事だ。一本一本の棘は小さく、些細なものであっても、継続し、累積することで大きな痛みをもたらす。堪えきれなくなれば、大爆発を起こしかねない。その爆発に周りを巻き込むことだってある。痛みの累積を防ぎ、大爆発に繋《つな》がる道を断つことこそが重要なのだ。

「それでご機嫌が直るなら、なんてことないわ」

「なんてことないって……」

万智の呑気《のんき》すぎる反応に、保行は拍子抜《ひょうしぬ》けしたようだった。おそらく、もっと万智が感情的になると考えていたに違いない。

そもそも、万智と弓子の仲はお世辞にも良好とは言えなかった。そうでなければ、弓子の病気が発覚した時点で同居を考えただろう。既に、理想的な二世帯住宅が用意されていたのだ。

にもかかわらず、その時点で万智は、介護はやむを得ないが、同居まではできないと思っていた。

弓子と同居すれば、すべてが崩れ去る気がしたのだ。そして保行も口には出さなかったけれど、万智の気持ちを理解してくれていた。だからこそ、同居を言い出さなかったのだろう。

もしも、万智自ら同居して介護に専念すると言わなければ、保行は仕事と介護の両方を抱え、疲れ果てていたに違いない。仕事を辞め、短い時間だったとはいえ同居して、精一杯介護に努《つと》めた。

弓子亡きあと、保行が、一階部分を改装して料理教室を開いてはどうか、と提案してくれたのも、あの頑張りへの感謝を含んでのことではないかと、万智は思っていた。

いずれにしても、嫁と姑が対立したとき、夫がどちらに付くかは大問題で、姑に付いたが最後、離婚へ一直線、夫たるものいついかなるときも妻の側に立て……というのはよく聞く話だ。

だからこそ保行も、千遥が部屋を出ていくなり頭を下げたのだろう。すまなかった、ほかによい方法を思い付かなかったから、と……。それは、いかにも知能派の保行らしいやり方だった。

「まあ、タレの作り方を教えてくれた時点で、お義母さんの味だって伝えてくれてもよかったとは思うけどね」

「あのときは、それこそ問題かなと思ったんだよ」

自分の妻に、これが『おふくろの味』だと突きつけるのはあまりにも感じが悪い。幸い三重県の出身だし、どこかの店の味を再現したと思わせたほうが得策だと、保行は考えたらしい。

「じゃあ、保行さんは、お店で食べたことはないの？　三重の出身だからてっきり食べたことがあるとばかり……」

「うちは三重って言ってもずっと南のほうだし、近所に『トンテキ』の店なんてなかった。だから、店で食べたことはないんだ。俺が知ってる『トンテキ』はおふくろが四日市で食ってきて、見よう見まねで作ってくれたやつだけ。だから、ごめ……」

「だーかーらー、そんなことで謝らない！　お料理に罪はないし、食べて育った味が懐かしいのは当然。それに、それしか知らなければほかを教えようがないわ。あの子にしたって、もう会えないお祖母ちゃんの思い出の料理を大事にしたいのは当たり前。たぶん、テスト結果とぶつかって、ぷいっと横を向きたくなっちゃっただけでしょ」

「でもなあ……やっぱり俺に似たからだろうし……」

「『氏より育ち』って言葉もあるじゃない。育て方って意味では、一緒にいる時間が長い私に責任があるはずよ」

「それこそ共同責任。でも、紀之は受験で大変だったころでも、あんな態度はとらなかったぞ」

「紀之は紀之、千遥は千遥。そもそも男の子って単純だし、女の子より情緒の発達が遅いの。紀之だってこれからどんなふうになっていくかわかったもんじゃないわよ」

男同士の葛藤《かっとう》、父と息子の頭の抑え合いは息子の成長によって顕著になる。これまで比較的順調だった関係が、いきなり歪《ゆが》み始める可能性はゼロではなかった。

「紀之は大きな不満をぐっと溜め込んで、どかーんと爆発させるタイプ。千遥より危険と言えば危険よ」

「おいおい……脅かすなよ」

「まあ、私に似たところがあるから、未然に防げるよう最大限努力しますけどね」

「了解。俺も気をつける」

ため息まじりにそう言った保行に笑顔を返し、万智は千遥の食器を洗い始める。

千遥は食べ終わった食器を必ず流しまで運んでくる。食べっぱなしで置いていく紀之とは大違いだし、帰宅したときに手洗いとうがいを欠かさないのも、保行を見習ってのことだ。

同じように育てたつもりでも、紀之と千遥は全然違った。

「私は子どもたちを平等に育ててきたつもりだけど、今ですらこんなに違う。それは持って生まれた性質かもしれないし、外での過ごし方かもしれない。でも、それってどうしようもないことなのよ。これからもっといろいろ出てくるでしょうけど、その都度対策を考えるしかないわ」

「なんか、ずいぶん余裕だな」

「親子って言ったって別々の人間だもの、うまくいかなくて当たり前。むしろ、今までそれなりに平和だったほうが奇跡なのよ」

「まあ、それはそうだ。受験のストレスで家族に当たり散らす子が多いって聞いた」

「でしょ？　紀之だって、中学受験は大丈夫だったけど、大学となったらどうなることやら。でもまあなんだかんだ言ったって子ども。千遥は女の子だし、武道をやってるわけでもない。いきなり力任せに家を壊し始めたりはしないでしょ……って、ごめん、家を壊して料理教室にしちゃったのは私だったわね」

最後の最後で、無理やりオチをつけ、万智はその話題を打ち切った。

保行は残業で疲れているし、明日も仕事だ。万智にしても、紀之のお弁当を作らなければならない。夜更かしして寝坊するわけにはいかないのだ。

「食べたらお風呂へどうぞ。入浴剤、あなたが好きなのにしたわよ」

「お、それはありがたい！」

保行は大の温泉好きで、家でも入浴剤を欠かさない。今日は彼のお気に入りの『登《のぼり》別《べつ》温泉タイプ』を入れたから、仕事の疲れも少しは癒やされることだろう。

喜び勇んで風呂に入りに行く保行を見送り、万智は、やれやれ……とガス台に目をやった。

『トンテキ』を焼いたフライパンを洗おうと手に取り、ふと残ったタレを指で掬って口に入れる。

「お母さんの味、か……」

保行が言ったように、夫がいつまでも母親の味にこだわり、妻ともめ事を起こすことは多いらしい。だが、それはなにも男性に限ったことではない。女性だって同じだ。夫が『これはおふくろの味じゃない』という味付けは、妻にとっては母に教えられた『母の味』であることが多い。夫の母と妻の母、どちらの味を優先するかと問われれば、答えは簡単。当然それは『作り手の味』だ。文句があるなら自分で作れ、の一言だった。

このタレは昨日の夜、保行に教えられて作ったものだ。醤油やケチャップ、ウスターソースに豚カツソースまで持ち出しては、細かく量を加減した。しばらくそうやって『調合』したあと、彼は満足そのものの顔で言った。

「うん、俺が知ってるのはこんな感じ」

「なるほど、これは確かに市販のタレとはちょっと違うかも」

ふたりの間で交わされたのはせいぜいそんな会話。そのどこにも弓子の存在を窺わせるものはなかった。それはきっと、保行の配慮だったのだろう。千遥があんなふうでもなければ、『トンテキ』が弓子の味だったなんて知る由《よし》もなかった。

保行との会話の中で、千遥は、『お母さんが料理教室のついでに作ったのか』と思った』と言った。さらに、彼女が帰宅時と、保行に誘われてやってきたときの二度にわたってフライパンに向けた眼差《まなざ》しが思い出される。それはまさしく、不快なものを見た、といわんばかりだった。

……――結局あの子は、私が『トンテキ』を作ったのが気に入らなかったってことよね

おそらく千遥は、万智に『祖母の味』を穢《けが》されたような気になったのだろう。最悪の場合、万智が意図的にトンテキを作り、弓子の味を超えようとしたと誤解された可能性だってある。思い出の味は格別、たとえ料理を教えているプロでも超えられるはずがないと、千遥は不快に思ったに違いない。

だからこそ、帰宅したときは一瞥して通り過ぎた料理が、『祖母の味』だとわかったとたんに嬉々《きき》として食べ始めたのだ。

保行と向かい合って嬉しそうに食事をしていた姿を思い出し、胸の奥がちくりと痛んだ。

別々の人間なんだからうまくいかなくても当たり前、なんて偉そうなことを言っていても、所詮《しょせん》この程度だ。千遥から明に暗に不満を突きつけられるたびに、心が微《かす》かな悲鳴を上げる。そんな自分が、万智はつくづく情けなかった。

教室で『トンテキ』を作った翌週の月曜日、万智がパソコンの前に座ったのは午前十一時半という時刻だった。

参加者募集期間であれば、家族を送り出すなり自分のサイトを確かめる。だが、先

週無事に料理教室を終わらせたばかりだし、次回はもう満席になっている……ということで、家事を済ませてから事務処理をすることにしたのだ。

とはいえ、事務処理といってもそう難しいものではない。単なる備忘録の作成で、参加者がサイトに書き込んでくれる感想をまとめ、質問があった場合はそれに答えるぐらいのことだ。

料理教室を始めたばかりのころは、問題点や改善点を指摘されることもあったが、近頃はそれも稀になり、むしろ『楽しかった』とか『家で作ったら喜ばれた』といった参加者の感想に目尻を下げるだけの時間になっている。だからこそ、やるべきことを終わらせてからゆっくり、という気持ちになるのだ。

――さて、みんな家でもうまく作れたかな？

参加者からの感想は早ければその日のうちに、遅い人でも三日後ぐらいまでには送られてくる。

今回も四名のうち三名までは既に届いている。残りのひとりは睦美だが、彼女は父の日のプレゼントとしてこの料理を作りたいと言っていた。首尾よくいっていれば、今日あたり感想を寄せてくれるだろう。

だが、期待たっぷりに開いてみたサイトには新たな書き込みはない。うまくいかなかったのかな……と落胆しつつ、ほかの参加者の感想をまとめていると、パソコン画面の片隅に新着メール通知が表示された。慌てて確かめてみると、差出人名に『中村睦美』とある。パソコンの時刻表示は十二時を過ぎているから、昼休みに入ったのだろう。

そういえば、彼女とのやりとりはたいていいメールだった……と思い出し、早速読んでみた。

『先日はありがとうございました。昨日の父の日、教えていただいたトンテキとシジミの赤だし、お野菜は小松菜の胡麻和えを作ってみました。教えていただいたナムルも美味しそうだったのですが、トンテキにもニンニクを使っているので、胡麻和えにしました。父はとても喜んでくれましたし、母も祖母も大変驚いていました。おそらく台所に立ったこともない私が、こんなにきちんとした料理が作れるとは思っていなかったのでしょう。みんなで行く予定だった外食は取りやめ、着替えすらしないで携帯電話で写真を撮ったり、撮った写真を親戚《しんせき》に送ったりの大騒ぎが始まってしまいました。私は私で、早く食べないと冷めてしまう、と気が気じゃありませんでした。とにかく「父の日の贈り物」は大成功、母や祖母がこれを機会に私を子ども扱いするのをやめて、もう少し自由にさせてもらえると嬉しいのですが……』

睦美のメールは、『……』で結ばれていた。

もちろん『手紙の書き方』のお手本どおりに改行後、結びの挨拶や日付、記名はしつかり添えられていたが、これまで、こんなふうに尻切れトンボに文章を終えたことはなかった。それだけに、六個の点に込められた意味は深いような気がした。

睦美は、このプレゼントで父親への感謝を伝えると同時に、母親や祖母に物申したかった。

おそらく、門限や、料理をするしないに限らず、服装、持ち物から普段の行動すべてを監視されて、睦美はうんざりしていたのだろう。

美味しいだけでなく、栄養のバランスもしっかり考えた夕食を作ることで、私ももう高校生、ひとりでこんなことができるようになったのだから、少しは自由にさせて、と主張したかったに違いない。

いかにもしっかり者の睦美らしいやり方だし、もしかしたら睦美の父親が、『父の日のプレゼント』に感激して彼女の味方になってくれるかもしれない。それで母親や祖母の考えが少しでも変わるなら、苦労の甲斐もあったというもの。時間やメニューを調整した万智としても、嬉しい限りだった。

――うちだけじゃない。どんな親子だって、多少の不満や問題は抱えてる。でも、乗り越えたいという気持ちがある限り、方法はいくらでもある。千遥との関係は本当に難しいけれど、同性の親子はぶつかりやすいって聞く。睦美さんにしても、お母さんやお祖母さんとの関係に悩んでいた。親が精一杯子どものことを考え、心配した結果だとしても、本人には受け入れがたいこともある。親なんだから子どものことは全部わかってる、なんてふんぞり返らず、時には子どもの身になって考えることが必要。どっちにしても大事なのはできるだけ早く、相手が抱えている不満に気付くことなのかも……

早ければ早いほど不満は小さく、対処もしやすい。そのためには、日々の変化に敏感でいなければならない。うまくいかないから、と目を逸《そ》らしたり、力任せに押さえつけたりしてはいけない。

小さな、そしてなかなか洒落た反旗を翻《ひるがえ》した睦美。彼女の勝利を祈りつつ、万智はそんなことを思っていた。

冷や汁食べ比べ

昨日より今日、今日より明日、と気温はどんどん上がっていく。

身体がまだ暑さに慣れていないこの時期は、万智にとって夏の盛りよりも辛い。梅雨時のじっとりした湿気《しっけ》も相まって、なにをするのも億劫になってしまうのだ。

それでも、いくら気まぐれに開く料理教室といえども、あまり間が空いてしまっては来てくれる人がいなくなってしまう。さらに、正式にはSNSで告知するにしても、できれば教室を開いた際に次回の連絡をしておきたい。ということで六月三日の午後、万智はエアコンの除湿機能をフル稼働させ、次回の献立を検討し始めた。

――本当に蒸し蒸しする……。でもお昼ご飯ならまだしも、夕ご飯に冷たい麺を食べたくなるほどの暑さじゃないし、ボリュームも足りないわよね。なにかちょっとだけ冷たくて、お腹にもしっかり溜まるようなお料理はないかしら……

そんなことを考えながら、万智は教室用の資料を並べてある棚からレシピノートを取り出した。

このレシピノートは万智が旅行社に勤めていたころから書いているもので、旅先で出会った美味しいものが綴《つづ》られている。その場で調理方法を訊ければ記録、できなければ帰宅後調べて加筆するようにしてきた。

旅行社を辞めてからも、テレビや動画で旅行番組を視《み》たり、プライベートで旅に出たりするたびに書き足しているので、冊数は増えていくばかり。

保行はしきりに、パソコンを使ってまとめ直せばいいのに、と言っていたし、なんなら自分が手伝うと申し出てくれたこともある。だが万智の場合、料理法をメモする際に簡単なイラストを入れることも多い。パソコンでイラストを描くような技術はないし、旅先に持っていくにはノートのほうが断然手軽だ。なにより、人に見せるつもりはないし、パソコンのキーをカシャカシャ叩いてまとめ直す気になれない。ましてや保行の手を煩せるなんて論外——ということで万智は、紙のノートを使い続けている。

最初のころのノートは既に端っこがぼろぼろ、どうかするとページが外れて分解寸前になっているものもある。それでも、万智にとっては献立を決める上での貴重な資料だった。

——これは冬向けのお料理だし、こっちは前に作ったことがある。二年ぐらい前ならいいけど、まだ一年ぐらいしか経ってないからリピートは辛いわ。前回は『トンテキ』でボリュームたっぷりのお肉メニューだったから、次はさっぱり系、お魚なんかがいいわね。

魚、魚……と呟きつつ、料理を調べていた万智は、とあるページで手を止めた。

「あ、これにしよう！」

そのページに書かれていた料理名は『冷や汁』。

夏の盛り向けと紹介されることが多い料理だが、温かいご飯に味噌味の冷たい汁をかけて食べる『冷や汁』は、慣れない暑さに食欲が落ちがちなこの季節にうってつけだと万智は考えたのだ。

「さて、『冷や汁』に決めたはいいけど、どこのにしよう……」

万智が考え込んだのには理由がある。

『冷や汁』は宮崎県の郷土料理として紹介されることが多いが、実は埼玉県や山形県でも愛好されている。

宮崎の『冷や汁』はイリコあるいは焼いたアジをほぐし、擂《す》った炒《い》り胡麻を加えて、出汁と麦味噌で味付けする。具として豆腐、輪切りの胡瓜《きゅうり》、茗荷《みょうが》、青紫蘇《あおじそ》などが使われることが多い。

埼玉県では、イリコやアジは用いず、炒り胡麻だけを擂って味噌を合わせ、胡瓜、茗荷、青紫蘇、葱《ねぎ》等を加える。ところによっては砂糖を少し加えることもあるそうだ。

埼玉県の『冷や汁』の大きな特徴は、ご飯にかけるのではなく、ざるうどんや素麺の漬け汁として使われることだ。そのため野菜類は最初から入れず、薬味として供されることもある。

『冷や汁』と言えばご飯にかけるもの、と思い込んでいた万智にとって、埼玉の『冷や汁』は、意外だった。だが、当時の同僚に『汁かけ飯』ではなく『冷や汁』なのだから麺でもＯＫだ、なんて言われ、それもそうだとあっさり納得し、典型的な『ところ変われば品変わる』だな、なんて思った記憶がある。

出汁の有無はあれど、宮崎、埼玉とも生野菜に味噌という組み合わせは変わらない。冷や汁を愛好する地域はほかにもあるが、おおむね生野菜や生の豆腐が使われている。

これに対して、少々変わり種なのが山形県で、山形で『冷や汁』といえば、もっぱら乾物を戻して使う料理になっている。

水で戻した凍み豆腐、凍み蒟蒻《こんにゃく》、干し椎茸《しいたけ》、干し貝柱などを煮て醤油で味付けし、小松菜やほうれん草、雪菜といった青菜を茹でたものと合わせて食べる。

ご飯にも麺にもかけない山形の『冷や汁』に出会ったときは、埼玉の『冷や汁』以上に驚かされた。だが今では、おひたしに近く野菜がたっぷり食べられる山形の『冷や汁』は、これはこれでありがたい料理だと万智は思っていた。

というわけで、郷土料理として有名な『冷や汁』は三種類ある。だが昨今、テレビやネットで取り上げられる『冷や汁』はもっぱら宮崎バージョンだ。教室の参加者たちも、『冷や汁』といえばアジの干物やイリコをほぐして味噌で味をつける、と考える人が多いだろう。ということで万智は、今回は宮崎の『冷や汁』を作ることにした。

——本当は埼玉と山形の『冷や汁』についても知ってほしい。でも、三種類作るのは難しいから、ほかのふたつはあらかじめ作っておいて味見をしてもらいましょう。

そして万智は、七月の料理教室のタイトルを『冷や汁三種、食べ比べの夕べ』と決め、募集要項を書き始めたのだった。

「本日のメニューは『冷や汁』です。こちらは鎌倉《かまくら》時代の書物に記載があると言われるほど、古くからある料理だそうです」

簡単に料理の成り立ち、食べられている地域などを説明したあと、万智は参加者たちに自己紹介をしてもらうことにした。

端から順に始まった自己紹介を聞きながら、万智は参加者たちを見回す。

本日は午後七時開始の九時半終了という夜の時間帯だったため、断然会社勤めの参加者が多い。しかもその大半は独身という状況だった。

前回の『トンテキ』が夕刻、その前の『どんどろけ飯』は午後の開催だった。勤め人対象の時間設定は久しぶりで、参加申し込みが相次いだ。おかげで募集をかけてから一日半で満席となり、万智は毎朝どきどきしながら予約状況を確認するというストレスフルな作業から解放された。

今日、参加してくれたのは前回に引き続きの上出恵美、『どんどろけ飯』の回にも参加してくれた南条美空と東野満寿夫、そして西村史子《にしむらふみこ》と初参加の横田《よこた》陽次《ようじ》の五人である。

西村史子は、お馴染みである下沢弘子と同じく四十代だが、こちらはいわゆるキャリアウーマン。仕事に熱中するあまり、結婚の機会を逃がしてしまったらしい。それどころか、あまりにもすごい勢いで仕事をこなし、全身から『仕事一筋』を滲《にじ》みださせた結果、結婚はおろか付き合う対象とすら見てもらえなくなった、と本人は嘆く。おまけに、自分を気遣う余裕がなくて食生活はぐちゃぐちゃ、四十を超えたあたりから体調不良が続き始めた。仕事のストレスも大きいし、年齢的にも身体が変化する時期である。

このあたりで健康に配慮し、食生活も見直さなければ、老後は悲惨なことになるだろう。まずは外食やコンビニ弁当の機会を減らし、週に一度でも二度でも健康に配慮した食事を取りたい。そのためには自分で作るのが一番——というのが、史子が料理教室にやってきた理由だった。

とはいえ、彼女は依然として多忙。料理教室への参加は四ヵ月から五ヵ月に一度。

実際に習った料理は、今までに五種類ぐらいにしかならない。それでも、少ない経験を生かし、レシピサイトや料理本の助けも借りて、いろいろな料理に挑戦しているらしい。そして、次に参加してくれた回の試食タイムでは、家で作ってみた料理について、それは楽しそうに語ってくれる。そんな史子は、万智にとって、料理教室の講師と生徒ではなく、友人として付き合いたいと思えるほど魅力的な人だった。

横田陽次は初参加で、申し込みデータによると二十三歳になったばかりらしい。先般の高校生もさることながら、若い男性の参加者は珍しい。いったいどういう経緯だろう、と思っていたらすぐに西村史子から連絡が来て、会社の同僚だと判明した。

史子曰く、陽次は自分同様ひとり暮らしで、かなり悲惨な食生活を送っている。そのせいか、元気はあるのに体力が続かない。よく見ると肌も荒れがちでビタミンが足りていないそうだ。それに気付いて以来、時々食事に連れ出したりもしているが、外食ではやはり栄養の偏りは否めないし、たまには自炊をしてみたら？　と提案したら、料理のノウハウがまったくないという答えが返ってきた。

それなら習うしかない、実は自分も勉強中なのだ、ということで、万智の料理教室を紹介してみたが、最初は及び腰、いや明らかに迷惑そうだったらしい。

ところがある日、始業時刻になっても出勤してこない。どうしたのだろう、と思っていると、陽次から電話がかかってきて、頭痛と熱があるという。本人はしきりに詫びるし、一日寝ていれば治ると言うので電話を切ったものの、どうしても気になる。迷った末、おせっかいとはわかっていたが、終業後に史子から電話をかけてみたところ、熱が上がって動けなくなっていた。

食べ物や薬はあるのか、と聞いてもどちらもない。ひとり暮らしで面倒を見てくれる人もいない。かかりつけの病院もない。

ないないづくしの状況に、見るに見かねた史子は陽次の部屋を訪ね病院に連れていくことにした。

だが、彼の部屋の近くに夜間診療をしてくれる病院がなかった。熱のある身体で公共交通機関利用は辛いし、感染症だったら周りにも迷惑をかけかねないということで、電車で六駅離れた場所にある実家に帰り、親の車を借りて駆けつけたというのである。

後に、親から借りてきたと知った陽次に、タクシー利用は考えなかったのか、と訊ねられ、タクシーでもいいけど、料金を払うのはあなただし、往復ともなるとけっこうな金額よ？　なんてあっさり答えたそうだ。

親切なのか薄情なのかさっぱりわかりません、でもとにかくありがたかった、と陽次は苦笑いだったらしい。確かに、終業後に駆けつけて病院に連れていってくれるほどなのに、かかった費用は交通費までしっかり回収する、というのはなかなかシビア、陽次が混乱するのもわからないでもなかった。

ともあれ、病院に行った陽次は、ただの風邪と判明。医者に食事状況を訊かれ、コンビニとファストフードのオンパレードに呆れられた結果、もっときちんと食事を取って体力をつけなければまたすぐに風邪を引く、風邪で済めばいいが、今にもっと大きな病気に罹《かか》りかねない、と諭されるに至った。

史子はそれ見たことかと言わんばかり。やっぱり食生活を根本から見直すべし、ということで再度料理教室に誘ってみたところ、今度は首を縦に振った。

ずさんな食生活が体力低下を招き、結果として他人に迷惑をかけてしまったことで考えを改めたのだろう。さらにその迷惑をかけてしまった相手からの誘いでは断るに断れなかったに違いない、と史子は語った。

そんな経緯をわざわざ、しかも普段なら連絡はＳＮＳへの書き込みかメールなのに、電話をかけてまで知らせてきたところを見ると、彼女は相当陽次に目をかけているのだろう。

『私以上に料理の経験はないし、ちょっと尖《とが》ったところがあるけど、根はよい子だからよろしくお願いします』

史子はそんな言葉で電話を終わらせた。

アレンジ料理について語ったり、部下を心配したりする史子の姿を見るにつけ、仕事ができる人というのは何事にも工夫を怠らないし、周りへの配慮も欠かさない、自分も見習わなければ……と感心させられる。

今は保行のおかげでずいぶんのんびりさせてもらっているけれど、万智もかつては史子ぐらい仕事に打ち込んだ日々があった。

大学を出て就職したばかりのころは純粋にツアーコンダクターという仕事が楽しかった。

だからこそ、結婚してからも続けたし、紀之を授かってからも辞めずに済むよう手を尽くしてきたのだ。

生きるためにやむを得ず、というのではなく、楽しんで仕事を続けられたのは本当にありがたかったし、その仕事が料理教室に繋がったと考えれば、なおさらありがたみが増す。

もちろん、実益といっても些細なものだし、家計全体から考えれば子どもふたりのお弁当のおかずぐらいしか買えない金額だ。それでも、まったくの無収入よりはいい。長年、家計の一部を担ってきた身としては、全面的に保行におんぶにだっこは、申し訳ないのを通り越し、身の置き場がなくなる気がするのだ。

保行はそれについて一言も責めたりしない。ただただ、万智が生活を楽しめればそれでいいと言ってはくれる。それでもなお、少しぐらいは自分で……と考えてしまうのは万智の性格なのだろう。

「万智さん、どうかしました？」

ぼんやりそんなことを考えていた万智は、史子に声をかけられてはっとした。

慌てて参加者たちに目を向けると、自己紹介が終わったらしく、みんなが不思議そうにこちらを見ている。

「ごめんなさい。ちょっとぼんやりしちゃった。では、お料理に移りましょうか」

「はーい！」

小気味のいい返事のあと、参加者五人は立ち上がり、調理台に揃えて置いてあった野菜に手を伸ばす。

恵美は胡瓜、満寿夫はナスを薄切りに、美空はすり鉢を持ち出して胡麻をぐいぐいと擂り始める。一方、史子はアジの干物をガスコンロに付いているグリルに入れる。焼き網をコンロの上にのせて焼いてもいいのだが、グリルを使ったほうがふっくら焼けるような気がする。

問題は、使ったあとのグリルの片付けだが、干物なら焦げ付きにくいアルミホイルを使うことで汚れを防げる。生魚を丸ごと焼くときのように、グリルを外してごしごしやらずに済む——ということで、干物を焼く場合、万智はガスグリルの使用を勧めているのだ。

「万智さん、胡瓜とナスは塩揉みでしたよね？」

「軽く、ね。歯ごたえを残したほうが楽しいから」

楽しい？　と恵美は首を傾げているが、食べる上で歯触りというのは大切な要素だ。

野菜の中には塩で少し揉んだほうが、歯触りがよくなるものがある。塩分でくったりしてしまうはずなのに不思議な話だ、と思わないでもないが、胡瓜などはその典型例で、軽く塩で揉むことで色も鮮やかになるし、しゃきしゃきとした歯触りがより引き立つのである。

「塩揉みをしたら軽く水洗いをして、ぎゅっと絞ってください。青紫蘇は千切りにして一度水に放ってね。茗荷は刻むだけでなにもしなくてＯＫです」

参加者たちは、万智の説明どおりに作業を進めていく。

『冷や汁』はアジの干物を焼く以外に火を使う作業はない。昨今は電気を使うコンロが増え、ガスよりも台所の温度の上昇が防げるようになったけれど、やはり煮炊《にた》きすれば多少なりとも室温は上がる。万智自身も、今なにかを熱している、と考えるだけで暑さを感じるのだ。

そう考えたとき『冷や汁』というのは作るのも楽な上に、お腹の中から涼しくしてくれるありがたい料理だ。しかも、唯一熱を使うアジの干物すら使わず、鯖《さば》や鮭《さけ》の水煮缶で済ます手もある。

風味の点では焼いた魚には敵《かな》わないけれど、缶詰は常備しておける。猛暑で火を使う料理なんてしたくもない、外出すら億劫なんて日にさっと作れるお助けメニューになってくれるのだ。

「お魚、焼けましたー。これほぐすんですよね?」

「ええ。アジの骨は硬いし、喉に刺さったら大変だから、なるべく小骨も入らないようにしてくださいね」

「了解でーす。ほら、横田君も頑張って!」

そう言うと、史子は隣に立っていた陽次を激励した。

今日の作業は野菜を刻んで魚を焼く、出汁に味をつける、という至って簡単なものだ。そのため、全員で取りかかると作業にあぶれそうな者が出るため、今回は五人をふたつのグループに分けた。ひとつは満寿夫と美空、そしてもうひとつが恵美、史子、陽次のグループである。恵美たちのグループを三人にしたのは、料理に不慣れな陽次への対策だ。初回参加だから極力簡単、失敗して自信ややる気を失わない作業を担当してもらいたい。それも無理そうなら見学、最悪試食だけでもかまわないと万智は考えていた。

ところが、史子はそんな万智の配慮などどこ吹く風で、さっさとやりなさい、と言わんばかりに菜箸《さいばし》を差し出した。

「え……俺がやるんですか？」

箸を渡された陽次は、とたんに困ったような顔になった。史子は平然と言う。

「包丁を使うわけじゃなし。それぐらいできるでしょ。無理そうなら手伝うし」

史子は普段からこんなふうに、半ばスパルタ式に部下を育てているのだろう。行き詰まったら、あるいはその直前にさりげなくフォローに回っているに違いない。なかなか見事な上司ぶりだな、と思ったものの、作業としては焼いた魚をほぐすだけ、そんなに難しいことではない。まあ大丈夫だろう、と思いつつ見ていた万智は、陽次の様子にぎょっとした。なぜなら、彼の箸の持ち方は典型的な『握り箸』、あれでは魚の細かい骨を取り除くことは難しいと思わざるを得ないからだ。

ふと史子に目をやると、彼女もこちらを見ている。表情から察するに、彼女はもともと陽次の箸の持ち方がひどいことを知っていたらしい。しかも、史子は縋《すが》るような目で万智を見ていた。

——もしかして史子さん、陽次さんのお箸の持ち方をなんとかしたいと思ってる？　部下の食生活のみならず、箸の持ち方まで気にしてるなんて、史子はどこまで面倒見のいい上司なんだろう。

とはいえ、相手は直属の部下だ。方法を間違えればパワハラになってしまうし、今までやんわりと言ってきても聞いてもらえなかったのかもしれない。それでもやっぱり放置もできず、困った挙げ句、この教室に連れてきた——これは万智の推測に過ぎないが、なんだかそんな裏事情があるような気がしてならない。

正直に言えば、万智は、どんな食生活をするかは個人の勝手、料理教室に引きずってきてまで改善を促すのはありがた迷惑なのでは、と思っていた。けれど、どうやら史子にはほかにも目的があったらしい。

なるほどね……と思いつつ陽次に目を移した瞬間、史子が大仰な声を上げた。

「うわあ、美空ちゃん、すっごくお箸が上手！」

「え、そうですか？　こんなの普通じゃないですか？」

美空は、先の細い箸で魚をほぐしつつ、なに食わぬ顔で応えたが、恵美が史子に同調した。

「普通じゃないわよ。下手な人がやったらもっと骨はばらばら、小骨も残りまくりになっちゃうわ」

恵美の声に、それまで美空の様子を横目で見ていた満寿夫も言う。

「うん、大したものだ。俺たちの世代は箸の扱いはそれなりに躾《しつ》けられてるけど、それでもこんなにきれいに魚をほぐせるやつは少ない。ここまで徹底して身を剝がしてもらったら、魚も本望だろう」

「……満寿夫さん、魚の本望ってなに？」

真顔で美空に訊ねられ、満寿夫は恵美と顔を見合わせた。確かに、ついうっかり本望という言葉を使ってしまったのだろうけれど、干物のアジに本望も本懐もあったものではない。

満寿夫は苦笑しながら訂正した。

「うん、本望というのはちょっと違ったな。どっちにしても、見事だってことに間違いはない。これなら、どこに行っても恥をかくことはないだろうな」

「お褒めいただき、ありがとうございます！」

美空は嬉しそうに満寿夫に一礼した。続いて恵美が訊ねる。

「美空ちゃんはきっと、すごくしっかりしたご家庭で育ったんでしょうね」

「しっかりしてたのは『ご家庭』じゃなくて、家庭科の先生でした」

そう言うと美空は、高校時代の家庭科教師について語り始めた。

「実は私、中学校のころまではものすごくお箸が下手だったんです。まるで生まれて初めて箸を持たされた子みたいでした」

「えーっと……握り箸ってこと？」

恵美の問いに、美空はあっさり頷いた。

「そうなんです。自分でも、周りの子とちょっと違うな、とは思ってたんですが、別に食べられないわけでもないし、直す気にもなれなくて。でも、高校のとき家庭科の先生にずばっと指摘されたんです」

「へえ、先生……。それはまた珍しいな、普通はご両親じゃないのか？」

「小学校まではうるさく言われましたけど、中学校に入ったころから言われなくなりました。何度言われても聞かなかったし、あきらめちゃったんでしょうね」

「あきらめたのか……」

満寿夫は苦笑いだったが、美空は気にも留めない様子で続ける。

「無理ないですよ。そのころの私、反抗期の真っ盛りだったし。でも、高校の先生はさすが……っていうか、目茶苦茶ハイテンション、一切妥協なし。こんなお箸の持ち方じゃ駄目だって……」

「それが家庭科の先生？」

「はい。家庭科で、生活指導担当で、おまけに担任。うちの学校、あんまり成績のよい子は行かない学校だったから、就職する子も多かったんですけど、お箸ひとつまともに持てないような子を社会に送り出すわけにはいきません、我が校の名折れです、って意味不明」

「確かに意味不明だ」

満寿夫がやれやれと首を左右に振った。

昨今、本来家庭でやるべき躾《しつけ》を学校に押しつける親が増えてきた。それでも、箸の持ち方まで学校の責任にする親はいないだろう。だが、美空の担任教師はそういう考え方ではなかったそうだ。

「本当はお箸をちゃんと持てるようにするのは家族の責任だ。でも、家庭にだっていろいろ事情がある。家庭でできないことは学校が引き受けるしかない。逆に、学校ですべきことでも家庭の協力を得なければならないこともある。そうやって学校と家庭が連携してこそいい教育ができる、って、先生はいつも言ってました」

「なるほど……そりゃあ素晴らしい。なんて立派な先生だ」

「今ならそう思いますけど、当時はただただうるさかったんです。お箸をちゃんと持てないなら、平常点はあげません、卒業もさせません、って。ひどくないですか？」

家庭科といえども卒業に必要な単位であることは間違いない。昼休みや調理実習のたびに箸の持ち方をチェックされ、うるさく言われるぐらいなら、さっさと直したほうがマシだろう。

「なんかすごい先生ね。やり方を間違えたら保護者から文句がばんばん入りそう」

恵美の感想に、美空は思いっきり頷いた。

「ですよね！　でも、少なくともうちの親は文句なんて言わなかった。自分たちが直せなかったお箸の持ち方を、学校の先生が直してくれるんだからラッキー、ってなもんでしょう。この際、ちゃんと持てるようになるならやり方なんてどうでもいい、ぐらいに思ってたんじゃないですかね」

美空が箸を直すように言われたと知った母親は、翌日には練習用の箸を買ってきてくれたという。食事中も箸を持った自分と美空の手を比べ、おかしい点を指摘してくれたそうだ。

「ラッキーというよりも、最後のチャンスと思ったんじゃないかな」

「最後のチャンス……」

「なにせ、親が散々言っても聞かなかったんだからね。俺はどっちかっていうと、美空ちゃんの親世代だからな。ご両親の気持ちのほうがわかるよ。先生に申し訳ないって思いながらも、どこかでほっとしてたんじゃないかな。これで大丈夫って……。いずれにしても、美空ちゃんは、卒業単位のために箸の持ち方を直した。めでたしめでたしってわけだ」

「そうなんですかねえ……」

美空はいまひとつ納得がいかない顔をしているが、万智は満寿夫の意見に賛成だった。

昨今、仕事をもらうための接待こそ減ったけれど、会議や打ち合わせで食事を共にすることは多い。研修などで一斉にお弁当を食べることもあるだろう。若いうちならまだしも、ある程度年齢が上になってくると、いい加減な箸使いは恥ずかしい。周囲の目に責められているような気がするのだ。いや、むしろ万智自身が、あまりにもひどい箸の持ち方を見ると、指先から手、肩、首そして顔へと舐めるような視線を向けてしまう。その視線の中には軽い非難が混ざっていた。

満寿夫は、噛んで含めるように言う。

「よかったんだよ。偏見だって承知の上で言わせてもらうと、ろくに箸も持てない若者を見ると、世も末だなー、と悲しくなってくる。せっかく箸の国に生まれたんだから、ちゃんと使ってきれいに食べてほしいって思うよ。そんなやつがなにかを売り込みに来たって、お帰りはあちら、って言いたくなる」

「ほらね。これが世間一般の意見よ」

そこでようやく史子が口を開いた。視線は真っ直《ます》ぐに陽次に向かっている。

史子の視線の先に気付いた美空が首を傾げた。

「あれ？　もしかして……」

「そう。この子もひどいのよ、お箸の持ち方。ちょっと持ってみなさい」

史子に命令された陽次は、いつの間にか置いていた箸を渋々といった様子で持ち直した。

「あーあ……昔の私と一緒だ」

美空にありがたくない同類認定をされ、陽次はしょんぼりと言った。

「確かに絵に描いたような握り箸だってよく言われます。よっぽど目立つんでしょうね。だから、入社早々西村さんに見つかっちゃって」

直属の部下、さらに食生活が心配ということもあって、史子と陽次は食事を共にする機会が多いそうだ。そんなとき、史子はたいてい陽次の箸の持ち方を指摘するのだという。

「第一回目は、研修期間中でした。たまたま社員食堂で隣り合わせて、俺はなんにも考えずにがつがつ食ってたんです。そしたら西村さん、じーっと俺の手元を見て『お箸、直したほうがいいわよ』って……」

「うわあ……史子さん……」

恵美は、そこで絶句した。部下の箸の上げ下ろしにまで目を光らせるなんて恐すぎる、とでも思ったのだろう。恵美が口にしなかった言葉を察したのか、史子が笑って言った。

「ほんとよね。高校の先生ですら、それは学校でやることなの？　って言われかねないのに、ましてや上司。大きなお世話すぎるって自分でも思う。でも、先々のことを考えたら言わずにいられなかった。もともと私は、嫌われるのも上司の仕事のひとつだって思ってるしね」

部下のことを思えば嫌なことも言わなければならない。そうすることで、部下が成長するなら嫌われ役に甘んじる、と史子は言い切った。

「潔いなあ、史子さん。でも、そういうふうに言えるのって、本当に部下のことを考えてるからなのかもね……」

恵美の言葉に、史子ははにかんだ、それでいてやっぱり嬉しそうな表情で答えた。

「ありがとう。でも、この子ときたら、ちっともわかってくれなくて。どうせ、こんなにうるさい上司はこの人だけだ。お箸の持ち方なんて仕事に関係ない、って思ってるんでしょう」

史子の口調があまりにも情けなさそうだったせいか、そこで満寿夫が加勢した。

「それはよくないよ、陽次君」

彼も管理職を担っていてもおかしくない年代だし、もしかしたら若い部下に手を焼いているのかもしれない。

満寿夫は、まるで子どもに言いきかせるような口調で言う。

「考えてみなさい。たぶん、うるさい上司は史子さんだけじゃない。ほかの人は思っても言わないだけ。だって、そんなの面倒くさいじゃないか。恥をかくのも仕事がうまくいかなくて困るのも君なんだ。うるさく言って嫌われる必要はないって普通なら考える」

満寿夫の意見は万智が聞いても納得のいくものだった。さらに、美空は違う角度からの意見を言う。

「陽次君も、もう少し損得勘定をしたほうがいいよ」

「損得勘定……ですか？」

「そう。まず、上司の言うことなんだから、素直に聞いたほうが感じがよいし、評価もよくなる。次に、お箸の使い方がちゃんとしていれば、それだけで育ちがよく見える」

そう思わない？　と美空は、今度は恵美に訊ねた。恵美も大きく頷く。

「居酒屋とかでよくあるでしょ？　若い子ばっかり集まって大騒ぎしてても、ふと見たらサンマの塩焼きが見事に骨だけになってるとか……。あれ？　って思って確かめると、そういう子はたいていお箸の持ち方がきれいなのよ。で、思うわけ。今はこんな感じだけど、きっとちゃんとした家で育ったんだろうなって。お箸の持ち方ひとつで印象をひっくり返せるんだから、お得と言えばお得よね」

躾というのは行動の端々《はしばし》に現れる。特に、箸は放っておいてはきちんと持てるようにならない。見本を示し、手を添えて持ち方を教えない限り、正しく持てるようにはならないのだ。

その上、古来の箸の持ち方というのは大変理に適っていて、正しく持てば、細かかったり、滑りやすかったりする食品でもきちんと挟むことができる。正しい箸使いは、食事作法の基本中の基本なのだ。

だからこそ、食べ方が汚いと『箸ひとつ持てないなんて、育ちが悪いに違いない』と言われてしまう。さらにそれは本人に止まらず、家庭を含めての評価となってしまうのだから、家族としても心中穏やかではない。親が躍起になって箸の持ち方を教えるのは、そんな側面もあるのではないか、と万智は思っていた。さらに、では陽次の育った家庭はどうだったのだろう、という疑問が湧く。

「陽次さんはおうちではなにも言われなかったの？」

万智の質問に、陽次は恥ずかしそうに答えた。

「俺の家は、箸の使い方をうるさく言う家じゃありませんでした。母はそれなりに教えようとしてくれたんですが、父のほうが、箸なんてどうでもいい、男は男らしくがつがつたくさん食えればいいんだって……。俺はそれをいいことに、自己流で、これでもちゃんと食べられるんだから支障ない、って開き直ってたんです。西村さんに指摘されてからも、そんな細かいことはどうでもいい。なにより大事なのは業績を上げること、契約を取ってくることだって」

「で、その業績を上げることに箸の使い方が関係してくるなんて思いもしなかった、と……」

満寿夫は、『若いなあ……』と言わんばかりだった。美空はさらに言い募る。

「その業績を上げるためにもお箸は直したほうがいいよ。今は若いから仕方ないと思われても、年を取ったらもっともっと呆れられちゃう。それから直そうとしたって大変だよ」

美空は、高校のときですら大変だった。大人になればなるほど、間違った使い方が身についていればいるほど直すのが大変になる。一刻も早く、直しにかかったほうがいい、と強調した。

「悪いことは言わない。今すぐ、練習用のお箸を買って。子ども向けだから短すぎて実際に食事をするのは大変だけど、持ち方の練習だけならできるし、一番効果的。使った私が言うんだから、間違いないよ」

あまりにも教師がうるさくて、美空は渋々箸の練習に励んだ。家ではパスタでもなんでも箸で食べたし、外食の際も、箸がある店では必ず箸をもらうようにしたそうだ。

「ハンバーグでもステーキでも、全部箸。ちょっとお年寄りみたいだし、友だちは呆れてたけど訳を話したら、しょうがないねーって言ってくれた」

「どれぐらいで直せました？」

「三ヵ月ぐらいかな。それだけ続けてやっと、正しく持てるようになった。躾箸がなくても、携帯の待ち受け画面を見なくても、大丈夫になったの」

「け、携帯の待ち受け？　まさか画像を貼ってたんですか？」

ドングリ眼《まなこ》になった陽次に、美空はクスクス笑いながら言う。

「見る？　さすがに待ち受けはやめたけど、今でも画像は残ってるよ」

そして美空は携帯を操作し、ちょっと誇らしそうに『正しい箸の持ち方』の画像を表示させた。

「美空さん、すごいなあ……」

「ここまでしてやっと、しかも高校時代。陽次君はもう二十歳過ぎてるんだから、直す気なら急がないと！」

「やっぱり直したほうがいいんですかね……」

周りにこれだけ言われても、陽次はまだ納得がいかない様子だった。やはり、箸の使い方なんて自分には関係ないと思っているのだろう。

そこで万智は、部下思いの史子のために、過去の経験を生かした援護射撃をすることにした。

「まあ、仕事の成績に関係あるかどうかはわからないけど、ひとつだけ言えることがあるわ」

「なんですか？」

「たとえば、誰かとご飯を食べに行くとき、お店を決めなきゃならないでしょ？」

「そりゃそうですね」

「そんなとき、相手があんまりひどいお箸の持ち方だと、ちゃんとしたところは無理だなーって思っちゃう。で、ファミレスとか気楽なカフェとかになっちゃうのよ」

和食の懐石料理は言うまでもなく、箸がちゃんと持てないぐらいだからマナーも心得ていないだろうと判断して、洋食のコース料理も避けざるを得ない。選択の幅が狭《せば》められてしまうし、凝《こ》った料理にありつける機会も減る。万智は食事にこだわるタイプだから、自《おの》ずとそういう相手に声をかける頻度が減ってしまうのだ。

「無礼講で美味しいお料理を出してくれるお店もあるし、接客業なんだからどんな相手でも同じようにもてなすべきだとも思う。でもやっぱり、心を込めて手を尽くして作ったお料理なんだから、きれいに食べてもらえれば嬉しいじゃない？」

「わかるわかる。それに、きれいに食べると、店の人がこっちを見る目が変わるんだ。でもって待遇もよくなる。サービスでちょっとした小皿を出してくれたり、デザートの盛りがよくなったり……」

そうなると、また行ってみようか、と思うし、通っているうちに店とのいい関係ができていく。自分の馴染みの店はたいていそんなふうだった、と満寿夫は言うのだ。

「行儀とかマナーっていうのは、周りを不快にしないためにある。つまり、マナーをわきまえない人間は周囲への配慮が足りない、それなりの客としかみなされないってことになる。ひとつひとつは小さなことかもしれないが、人生って尺で見たら、かなりの損だと俺は思うよ」

「お箸の持ち方は一番目につくもんね」

料理人に限らず、一緒に食事をしている人間の手元をまったく見ない人は少ないだろう。

箸の持ち方のせいで、美味しい店に誘ってもらえないというのはものすごくつまらない。それだけでも大損だ、美空は力説した。

史子が満足そうに頷いた。どうやら、言いたいことはみんなほかの人間が言ってくれたらしい。彼女は、改めて陽次に訊ねた。

「……ってことなのよ。どう？」

「わかりました。俺は食いしん坊だから、旨い店に誘われる機会が減るのは嫌です」

陽次は今度こそ、神妙な顔で頷いた。おそらく、仕事の場以外でも損をすることがあると悟って、気持ちを変えたのだろう。

「よかった。じゃあ、見事お箸の持ち方が直った暁には、とびっきりのお店に連れてってあげるわ」

「やったー！」

陽次が歓声を上げ、美空が食らいつくように言う。

「史子さん、私も！」

「そうね。説得に一役買ってくれたんだから、美空さんも誘いましょう」

「ありがとう！　あ、でも、ただ連れてってくれるだけでいいからね。お金は自分で払うし！」

美味しいお店はなかなか見つからない。グルメ情報はいつも募集中、でもご馳走してもらおうと思っているわけではない、と美空は慌てて付け足した。

史子がにっこり笑って言う。

「ほらね。お箸がきれいに使える子は、こんなふうに相手のことを考えてくれるの。君もそうなってね」

「了解です」

陽次が、さっと右手を上げて敬礼、そしてちょっと不思議そうに訊いた。

「ところで、新入社員の中で、箸の持ち方が変だったのは俺だけじゃなかったですよね？」

「横田君だけじゃないわよ。気付くたびに、直したほうがいいと声をかけたけど、返事だけして一向に直さない子ばっかり。みんな、これでもちゃんと食べられますからーとか……」

「あー……俺と同じだ」

「でも横田君は、仕事にだけはすごく素直だった」

「仕事にだけって……」

「仕事の注意すら、ろくに聞かない子は多いのよ。特に部署が違う子たち。たぶん直属の上司の言うこと以外、聞く必要ないと思ってるんでしょう。ついでに私のことも、社歴が長いだけのおばさんとか、考えてるのかもしれない。こっちがまっとうなアドバイスしてても、適当に聞き流される。それなのに、同じことを上司に言われると、素直に聞くのよ……」

正直、気持ちのいいものではない、と史子は俯《うつむ》いてため息を漏らした。だが、その息を吐《は》ききると同時に、ぱっと頭を上げて言った。

「でも、横田君は違った。ほかの部署の人でも、社外の人でも、仕事についてのアドバイスはちゃんと受け入れて、実行しようと頑張ってた。だから、この子はけっこう見所がある……のかもしれない、って思ったのよ」

一拍おいて、かもしれない、と続けることで、周りの笑いを誘い、史子はさらに話し続けた。

「間違った箸使いをしていると、若い子は年寄りに厳しい目で見られる。年長者になればなるほど、『今の若者は箸ひとつ使えないのか』とか言われちゃう。せっかく頑張ってるのに、お箸のことだけでそんなふうに思われるのは損でしょ？」

箸の持ち方に年齢、ましてや人格は関係ないと思うかもしれないが、年長者の中には若者を否定したい人がたくさんいる。そういう気持ちがなくても、努力で直せるものを直さない、すなわち怠慢と判断する人もいるだろう、と史子は言う。

「たかがお箸の持ち方で、自分の評価を下げる必要はない。それに、お箸がちゃんと持てれば、もっと堂々とご飯が食べられるし」

史子によると、陽次は食事のとき少し俯き加減になっているらしい。もしかしたら、自分の箸使いが恥ずかしくて、無意識のうちに俯いて手元を隠しているのかもしれない。

箸使いが直れば、背筋を伸ばして堂々と食べられるようになり、周りの評価も変わってくるかもしれない、と史子は語った。

「なるほど……そういうこともあるかもしれません」

ご配慮ありがとうございます、と陽次はまた史子に頭を下げた。

それを見た満寿夫が感心したように言う。

「それまで頑《かたく》なだったにしても、納得がいけば素直に方向転換。おまけに礼もきちんと言う。なかなかできることじゃない。大したもんだ」

「でしょ？　それも含めて見所があるってことなんです。将来も楽しみ。だからこそ、ご飯にも連れていくし、お料理教室にも誘うってわけ。本当は迷惑してるのかもしれないけどね」

「迷惑してたら来ませんよ……っていうか、俺が風邪を引いたときに、ささっと雑炊を作ってくれたじゃないですか。あれを見て、やっぱり料理はできたほうがいいなあって」

とりあえず病院に連れていくにしても、栄養をつけなければ治るものも治らない。そう考えた史子は、病院から陽次の部屋に戻ったあと、卵雑炊を作って食べさせたそうだ。

「料理はしないって言ってたし、ろくに食材もないだろうと思って、実家から卵やら葱やら持ち出しちゃったの。急いでたからろくに説明もしなかったし、あとで母親に、押し込み強盗みたいだったって言われたわ」

「うわ……すみません。でもあれ、本当にうまかった……」

「それはよかった。あれって、なにかのついでに万智さんが教えてくれたのよね。家にある材料で簡単に作れるからって」

だったら、もっと早く手料理を食べさせればよかった、と史子は苦笑した。

「ま、そんな機会はなかったんだけどね。ちょくちょく病気になられるのも困るし。ってことで、お箸はちゃんと持つべし、お料理はするべし。頑張りましょう」

「了解です。今後ともよろしくお願いします」

そこで陽次はまたぺこりと頭を下げた。おそらくこれも本心からの礼、史子と陽次はよい上下関係を築けているのだろう。

おかげでひとり参加者が増えた。史子に感謝しつつ、万智はパンと両手を鳴らした。

「では、アジの干物の解体再開！　みんな手を動かしてくださいね」

「はいはい。急がないと食べる時間がなくなっちゃうもんね！」

恵美は慌てて冷やしてあっただし汁に味噌を溶く。ちなみにこの出汁は昆布で取り、干し椎茸の戻し汁を加えてある。ここにアジの干物が加われば、より旨みが増すだろう。

味噌味の出汁に、刻んだ野菜、しっとりするまで擂った胡麻、そしてほぐしたアジの干物と粗く潰した豆腐を投入し『冷や汁』は完成した。

「では試食に移りましょう。あ、そうそう。今回は出汁をあらかじめ冷やしておきましたが、急ぐ場合は熱い出汁に氷を入れて冷ます方法もあります。その場合は、氷が溶ける分を考慮して濃い目に味をつけるのがコツですよ」

「乱暴なように見えるが、確かにすごい時短だな」

「氷が多少残ってても涼しげで素敵よね」

「うん、ご飯と一緒にカリカリ噛めて楽しい」

参加者たちは、家で作るときは氷を入れてみよう、と盛り上がりつつ、試食タイムに移った。


「一口に『冷や汁』って言っても、場所によってそれぞれなのね」

あらかじめ作っておいた埼玉や山形の『冷や汁』を見て、恵美が感心している。

テーブルの中央には、先ほど完成したばかりの宮崎の『冷や汁』が置かれている。ガラスの大鉢の外側には水滴が光り、いかにも涼しげだ。炊きたてのご飯が、早く汁かけ飯にして掻き込んでくれと誘っていた。

その脇には、うどんが盛られた笊《ざる》。麺は手っ取り早く冷凍のものを使ったけれど、昨今の冷凍うどんは侮れない。表面は照明を浴びてきらりと光り、角もしっかり立っている。つるつるの喉ごしと、讃岐《さぬき》うどんならではの歯ごたえを約束してくれているようだ。この麺に、胡麻がたっぷり入った『冷や汁』を合わせれば、夏の真っ盛りでも食欲不振なんて言葉とは無縁でいられるだろう。

山形の『冷や汁』に与えられたのは、箸休め的役割だ。

汁かけ飯もうどんもあっという間に喉を通り過ぎる食品だが、山形の野菜たっぷりの『冷や汁』は、しっかり噛むことを要求される。よく噛むことで、茹でた野菜の甘みを満喫できるし、満腹感にも繋がる。いろいろな種類の野菜や乾物を一度に取れて、栄養バランスもばっちり。汁かけ飯やうどんの合間につまむ一品にうってつけだった。

「汁かけ飯を掻き込んで、うどんを啜《すす》って、おひたしをつまむ。肉や魚たっぷりの飯もいいが、夏の暑い時期にはこういうのがありがたいなあ」

三品を代わる代わる口に運びながら、満寿夫は満足そうに目を細めた。

陽次は陽次で、豪快に料理を食べ進む。

「いやー料理教室の試食って、味見程度だろうなーと思ってたんですけど、これだけ量があると嬉しいです」

「ご飯にうどんでダブル炭水化物だもんね。陽次君が来てくれてよかったわ。さもなきゃ、持て余したと思う」

ご飯はひとりあたり一合、うどんは一玉用意した。参加者の半分以上が女性だから、そこまでの量は食べられないし、満寿夫も食欲が落ち始める年代だ。ご飯は残ったら冷凍できるけれど、うどんは始末に困る。ほかの参加者が、もうお腹いっぱい、と箸を置いたあとも、元気よく食べ続ける陽次は頼もしい限りだった。

「俺も若いころはこれぐらい食えたんだがな……」

満寿夫がちょっと寂しそうに呟いた。そんな満寿夫を慰めるように、万智は言った。

「四十、五十になってもこんなに食べてたら、全部贅肉《ぜいにく》になっちゃいますよ。消費カロリーが減ってるんだから、食べられる量も減る。すごく理に適ったことです」

「まあ、それはそうなんだけどね。でも外食に行ったとき、メニューを見てあれもこれも食べたいと思っても、絶対食べきれないってわかってるから注文も控えめになる。寂しいもんだよ」

「そういうときは、俺を呼び出してください。好き嫌いもないし、ぜーんぶきれいに平らげます。あれこれ食べたいときのお供には横田陽次をよろしく」

「横田君……」

とんでもない自己アピールに史子が呆れ返る中、陽次は宣言どおり片っ端から皿を空にしていく。そんなふたりに、周囲は笑い転げる。

「了解、了解。そういうときは君を呼び出すことにするよ」

「お待ちしてます。なんなら連絡先、交換しましょうか？」

「お、いいね」

そこで満寿夫と陽次がアドレス交換し、和やかに『冷や汁三種、食べ比べの夕べ』は終了した。

＊＊＊＊＊＊＊＊＊

「そういえば、鉛筆……」

教室が終わった翌日、元気に登校していく子どもたちを見送った万智は、ペン立てを見て呟いた。

昨日、陽次の箸使いを見たせいか、子どもたちの箸の持ち方が気になった。普段、違和感は覚えていなかったから、おそらく大丈夫だろうとは思ったが、朝食の際に確かめてみると、紀之も千遥も正しく持っている。やれやれ、と安堵したのはいいが、今度は鉛筆の持ち方が気になってきたのだ。

指に挟んで動かす道具、ということで箸と鉛筆は似通っている。そういえば、小学校の低学年のとき以来、子どもたちの鉛筆の持ち方に注目したことがなかった。

よい機会だから、一度確かめてみよう、ということで、万智は、鉛筆の持ち方をチエックすべくふたりの帰宅を待ち受けた。

午後三時半、千遥が帰宅した。

今日は塾もない日で、彼女は帰宅するなりランドセルからプリントを取り出す。ちらりと目を走らせると、計算問題が二十問ほど並んでいる。半分以上は答えが書き込まれているから、授業の際にやりかけて『残りは宿題』となったのだろう。

計算が得意な千遥は、すらすら問題を解いていき、ものの数分で終わらせた。続いて取り出したのは漢字練習帳だ。

千遥の担任は漢字に力を入れていて、毎日のように漢字練習が宿題に出されるのだが、こちらも残り数行のところまで埋まっている。丁寧に書いているためか、計算よりは時間がかかっていたけれど、それでも十分足らずで漢字練習も終了。今日の宿題はそれで終わりだった。

「宿題終わりー！　里沙《りさ》ちゃんと約束してるから、遊んでくるね！」

千遥はプリント用紙と漢字練習帳をランドセルに突っ込み、元気よく出かけていった。

彼女が出かけたあと、万智はランドセルからノートを何冊か取り出す。どのノートにも、丁寧な文字が並んでいた。時々落書きがあるのはご愛敬《あいきょう》、きっと問題を早く解き終わって時間が余ってしまったのだろう。かわいらしい猫や女の子のイラストに目を細め、万智はノートをもとに戻した。

「千遥は大丈夫ね」

実は千遥については大して心配はしてない。千遥は普段からダイニングテーブルで宿題をするから、ちょくちょく目にしているし、鉛筆の持ち方が気になったことはない。こんなにきれいな字が書けるのも、持ち方が正しいからこそだろう。

問題は紀之だ。彼の字はとにかく汚い。汚いというよりも乱暴なのだ。

受験のときだけは、塾の先生にうるさく言われて丁寧に書くようにしていたが、それでも決してうまいとはいえない。ミミズがのたくったような字、という表現があるが、紀之の場合、精一杯頑張っても、のたくっていたミミズがちょっと背伸びをした、程度なのだ。

おそらく、スピードを重視するあまり書きなぐっているのだろうが、最近、字の巧拙以上に気になることがある。それは、勉強を終えてリビングにやってくる紀之が、右腕をぐるぐる回していることだ。

中学一年生で肩凝《かたこ》りなんて、ちょっと運動不足なんじゃない？　と冗談めかして言ってみたところ、作文の宿題があって原稿用紙三枚を一気に書き上げたと言う。そのときは、それは大変だったわね、で終わらせたけれど、その後も時々右腕を肩からぐるぐるやっている姿を目にした。

以前、正しい方法で持っていれば、少しぐらい長く字を書き続けたところで疲れたりしない、と聞いたことがある。しばらく、紀之がどんな持ち方をしているか見ていなかったが、もしかしたら、鉛筆の持ち方がおかしいせいで疲れやすくなっているのかもしれない。だとすれば、それは字が汚い以上に問題だ。なんとか直してやらなければ……

万智はそんな気持ちで、紀之の帰りを待っていた。


その日、紀之はいつもどおり六時半過ぎに帰宅した。

ただいま、と挨拶をしたあと、自分の部屋に直行しようとするのを呼び止め、万智はカウンターの隅にあるメモ用紙と鉛筆を顎《あご》で示した。

千遥と違って、紀之はダイニングテーブルでは勉強しない。受験準備を始めるまでは、ダイニングテーブルを使っていたのだが、勉強時間が長くなるにつれ、自分の部屋でするようになった。きっと食事のたびに問題集や教科書を片付けるのがいやだったのだろう。

そのため紀之が鉛筆を持つ姿は長らく見ていない。ちょっとしたメモなどは全部携帯電話で済ませてしまうからよけいである。彼に鉛筆を持たせるためには、あえて紙にメモを取るように指示する必要があった。

「紀之、グッドタイミング！　今、テレビでやってるお店の名前、最後に出てくると思うからメモってくれない？」

「えー紙に書くの？　画面を写真に撮ればいいじゃん」

「お母さんの世代はメモっていったら紙なの！　ぶつぶつ言わないで書いて」

「どうせメモしたって、紙自体をなくしちゃうくせに」

「うるさい。とにかく今手が離せないから代わりに書いて。あ、ほら出た！」

手が離せないというのは嘘《うそ》ではない。万智の手は目下、挽肉《ひきにく》を捏《こ》ね回してぐちゃぐちゃなのだ。ボウルの中身をちらっと見た紀之は、あきらめたように鉛筆を持った。

今、手を止めさせては、ハンバーグの完成が遅れてしまうと思ったのだろう。ハンバーグは紀之の大好物、しかも時刻からしてお腹はぺこぺこ、一刻も早く夕食にありつきたいに決まっている。

「えーっと……『中富《なかとみ》飯店』……あ、この餃子《ギョーザ》でっかくて美味しそう！」

画面を見ながら、紀之はメモを取っている。

もちろん、取り立ててその店に興味があるわけではない。この放送局は、たいていこの時間に美味しそうな店の紹介番組を放映する。メモを取らせるのにはうってつけ、ということで、あらかじめつけておいたのだ。言うまでもなく、挽肉を弄っていいるのもそのためで、とっくに捏ねる作業は終わっていた。

「どの辺にある店？　住所も出てたら書いておいて」

「そんなの、あとでググればいいじゃん」

「いいから！」

「はいはい。ＪＲ恵比寿《えびす》駅西口から徒歩……あ、麻婆豆腐《マーボーどうふ》！　うひょーめっちゃ辛そう！　お母さん、せっかくメモったんだから、今度連れてってね！」

紀之のテンションが一気に上がった。

紀之は中学生にしては辛い料理が得意で、大人でも舌がひりひりするような麻婆豆腐をご飯にたっぷりかけて食べるのを楽しみにしている。家でも時々作るが、画面に映っている麻婆豆腐は見るからに辛そう、しかもレポーターが絶賛している。麻婆豆腐好きの紀之としては、是非一度食べてみたいと思ったのだろう。

紀之は上機嫌でメモを書き終えた。一方、万智もほっとしつつ挽肉をハンバーグの形に整える。

何気ないふうを装って見ていた息子の鉛筆の持ち方は、小学校一年生のころと変わっていなかった。千遥同様、教科書どおりの持ち方、やはり紀之の字が汚くなったのは、スピード重視で書きなぐったせい、肩が凝るのも同じ原因からなのだろう。

「よかった……。鉛筆の持ち方、変わってなかった……」

「ええーっ!?」

紀之は、即座に鉛筆を放り出した。

「これってもしかして抜き打ちテストだったの？　ひどいよ、お母さん」

「それはごめん。でも、案外ちゃんと持ってて安心した」

「でしょ？」

「ってことは、字が汚いのは持ち方のせいじゃないってことね。もっと丁寧に書きなさい」

「うわあ、そうきたか！　でも不思議なんだよね……」

そう言うと、紀之はさっき放り出した鉛筆をもう一度持ち直した。

「こうやって、ＯＫサインをクジャクのくちばしに変えて鉛筆をくわえる。でもって、くるっと回して完成。これでいいんだよね？」

それは小学校に上がる前に、万智が紀之に教えた持ち方だった。最初が肝心とばかりに、ネットや本で調べて子どもにわかりやすい説明を選んだ覚えがある。

「そうそう、クジャクのくちばし。懐かしいわね。それのなにが不思議なの？」

「ずっとこの持ち方でやってるんだけど、中学に入ってからなんか疲れるんだよ」

「中学に入ってから？　そういえば、肩が痛くなるって言い出したのもそのころからよね？」

「あー……うん、きっとそうだ」

「小学校と中学じゃ、書く字の量が段違いなんじゃない？」

「どうだろ……？　案外、受験のころのほうが書いてたかも」

「……そういえばそうね」

しゃかりきになることはなかったとは言え、さすがに小学校六年生になってからは机に向かっている時間が増えた。秋以降は、部屋でずっと問題を解いていた記憶がある。そのころに比べれば、むしろ今は字を書く機会が減っているのかもしれない。それなのに、今のほうが辛いというのは確かに不思議だった。

「やっぱり運動不足なんじゃない？　それとも、早々と老化現象？」

「お母さんじゃあるまいし。でも、ストレッチぐらいはやったほうがいいかも」

そう言うと、紀之は自分の部屋に向かった。


その日、保行の帰宅はいつもより少し早かった。

なんでも、家の方角にある取引先と打ち合わせがあり、そのまま帰宅できたらしい。あらかじめ連絡を受けていた万智は、保行の帰宅にあわせて用意を整え、一家揃っての夕食となった。

「お、今日は煮込みハンバーグか！　いただきまーす！」

保行が嬉しそうに箸を取った。

当初の予定は、普通に焼くだけのハンバーグだったけれど、保行の帰宅までに若干時間ができたため、もう一手間加えて煮込みハンバーグにしてみたのだ。

早速、ハンバーグを箸で割った紀之が歓声を上げる。

「やった！　チーズ入りだ！」

熱々のデミグラスソースを纏《まと》ったハンバーグから、チーズがとろりと流れ出している。

ソースと挽肉とチーズの相性なんて語るまでもない。しゃべる時間が惜しいとばかりに、四人は忙しく箸を動かす。しばらくして、ようやく保行が口を開いた。

「ハンバーグは偉いよな。煮ても焼いてもチーズを入れてもちゃんと旨い」

「ご飯にもパンにも合うしね」

そう言ってにっこり笑ったのは紀之だ。だが、千遥は軽く首を傾げる。

「チーズなんてご飯には合わない気がするけど、ソースがあるからOKなのかな」

「とは限らないぞ。ドリアはチーズがたっぷりのってるけどご飯に合うじゃないか」

「そっか……。あ、でもドリアって一品料理だし、ご飯のおかずってわけじゃないでしょ？　やっぱりソースのおかげだね」

「かもな。この濃い味はご飯にもぴったり。うちだとお箸だけで食べられるし」

外でハンバーグを食べようとすると、時々ナイフとフォークが出てくる。パンならまだいいが、ご飯のときはけっこう面倒くさいと保行は言う。万智もその意見には賛成だった。

「フォークの上と下をひっくり返したり、右から左に持ち替えたりで、忙しいわよね。でも、それが嫌ならお箸をもらえばいいじゃない。近頃はもともとカトラリーセットにお箸が入ってるお店も多いわよ？」

「それって、ファミレスだろ？　取引先の会食でそれなりの店に行ったとき、『箸をくれ』とは言い出しにくいんだよ。で、忙しく飯を食う。もともと食った気がしないのに、さらになにを食ってるのかわからない、って感じになっちまう」

「それはお疲れ様。では今日はお箸オンリーでゆっくり召し上がれ。幸いうちはみんなお箸の持ち方が上手だし。あ、鉛筆もね」

「そこでどうして上手下手の話になるの？」

そこで万智は、不思議そうに訊ねる保行に、今日の抜き打ちチェックについて話すことにした。

「なるほど、そういうわけか……。確かに、正しく箸を持てないときれいに食べられないし、鉛筆の持ち方が変だときれいな字は書けないな」

「でも、鉛筆がちゃんと持ててもきれいな字が書けるとは限らな……」

「あーはいはい、俺のことだね。ごめんなさいってば！」

万智の言葉を先取りして、紀之が頭を下げた。またもや保行は怪訝な顔だ。

「紀之の字、そんなに駄目だったかな……」

「最近ひどいのよ。書きなぐりそのもの。その上、肩まで凝っちゃってるのよ、子どもなのに」

「肩凝り？　それは困ったな」

保行は心配そうに紀之を見た。だが紀之は、平然と答えた。

「ただの運動不足。ストレッチやるから大丈夫だよ」

「だといいんだけど……」

そう言うと保行は席を立ち、キッチンカウンターの隅にあったペン立てから、鉛筆とシャーペンを抜き出した。

なにも食事中にそんなことをしなくても……と思いはしたが、保行は気になることはその場で解決したがるタイプだ。止めるだけ無駄、ということで万智は成り行きを見守ることにした。

「持ってみて」

「あ、うん……」

紀之は、保行に渡された鉛筆を素直に握る。その握り方を確かめたあと、保行は今度は紀之にシャーペンを持たせた。

「やっぱりな……」

紀之の指先を見て、保行は大きく頷いている。なにが『やっぱり』なのかわからず、万智と紀之は顔を見合わせた。

「保行さん、やっぱりってどういうこと？」

「紀之は鉛筆もシャーペンも同じ持ち方だよね。でも、シャーペンと鉛筆じゃ『正しい』持ち方が違うらしいよ」

「そうなの!?」

そんなの聞いたことない、と紀之も千遥も目を丸くしている。もちろん、万智だって初耳だった。

「鉛筆はクジャクのくちばしの持ち方で、握るのは先から二センチ半のところ。でもシャーペンは、三本の指先を三角形にしてその間に突っ込む。持つのもペン先から三センチのところ、紙に対する角度は四十五度ぐらい」

保行は、親指と人差し指、中指で三角形を作り、紀之に示した。さらに、作った三角形にシャーペンを差し込み、小指をそえて正しい持ち方に移行させた。

「ほら、こんな感じ。手首をべったり机に置くんじゃなくて、手首と小指の先だけつける。こうやって持つと、長い時間書き続けても疲れにくいらしい」

「そうなんだ……初めて聞いた」

「だろ？　俺もつい最近聞いたんだ。取引先の文具メーカーの人が教えてくれた」

筆記用具は全般的に、とりわけ鉛筆とシャーペンはいずれも黒鉛の芯《しん》を使うということで、持ち方も同じでいいと考えがちだ。そのせいでペンだこを作ったり、肩凝りを起こしたりする人も多い。シャーペンにはシャーペンに相応しい持ち方があり、それを覚えることで、楽に書くことができる。厳密に言えば、鉛筆とシャーペンだけではなく、ボールペンや万年筆にも相応しい持ち方がある。

それが、保行が文具メーカーの人から聞いた話だそうだ。

「紀之は中学に入ってからシャーペンを使うようになっただろ？　疲れるようになったのはそのせいかもしれないぞ」

「なるほど……字が汚くなったのも……」

「それは、紀之の書き方が悪いだけよ！」

万智に指摘され、紀之はてへへ……と頭を搔いた。

「多少は影響もあったかもしれないけど、どっちにしてももうちょっと丁寧に書く癖《くせ》をつけたほうがいいな」

保行の言葉に神妙な顔で頷いたあと、紀之はまたハンバーグを食べ始めた。

　今までの持ち方を矯正するのは大変かもしれないが、高校生で箸の持ち方を直した美空、大人になってから取り組もうとしている陽次の例もある。紀之はまだ十三歳なのだから、きっと直せることだろう。

　食事を終えてしばらくしたあと、子どもたちは自室に引き上げていった。足音が遠ざかるのを待ちかねたように保行が訊ねる。

「俺、大丈夫だったかな……」

「大丈夫って、なにが？」

　洗った食器を拭き終え、布巾《ふきん》を干していた万智は、何気ないふりで言葉を返す。もちろん、この質問が来ることは予想していた。

「紀之のこと。なんか押しつけがましくなかったかな、と思ってさ」

「シャーペンの持ち方を教えたこと？」

「うん。なんていうか……彼もそろそろ難しい年頃だし」

　男の子と女の子では思春期や反抗期の訪れ方が違う。千遥はおませなタイプだから九歳になるかならないかのころからその傾向が見られたが、紀之は至って呑気に小学校時代を終えた。それでもさすがに十三歳、そろそろほかからの意見を素直に聞けなくなる時期ではないか、と保行は言うのだ。

「特に俺は……」

「なさぬ仲だから？」

万智の言葉に、保行は小さく頷いた。

現在の常磐家は、いわゆるステップファミリーというやつである。保行は千遥を、万智は紀之を連れて再婚したため、保行と紀之の間に血縁関係はない。再婚してから五年が経過しているし、普段は極力気にしないように努めてきた。それでも時折、保行は紀之に対して、万智は千遥に対して、顔色を窺ってしまう。再婚家庭ではやむを得ないことだとわかっていても、薄氷を踏むような気分になる瞬間が確かにある。

けれど、その瞬間がまったくないとしたら、それはそれで大問題だと万智は思っている。

なさぬ仲の親が、実の親のように遠慮のない発言をすれば、子どもはやっぱり面白くないだろうし、そんなことで反感を買うぐらいなら、最初から言わないほうがいい。

一波乱起きそうな気配を感じたら、様子見、顔色窺いなんでもあり。加えて、必要に応じてその子の実の親の意見を問う。それが、なさぬ仲の家族になんとか平穏な五年間を送らせてきた秘訣《ひけつ》だった。

今回、子どもたちがいなくなったとたんに、保行が万智に訊ねてきたのは、そんな経緯によるものだった。

「紀之が気にしたかもしれないって思ってるのね」

「まあ、そういうこと……。実の親父《おやじ》でもない奴に、シャーペンの持ち方を直せなんて言われたら面白くないんじゃないかな」

「大丈夫だと思う。もともと私が持ち出した話なんだし、現にあの子は中学生なのに肩凝りを抱えてるのよ？　原因を見つけて改善策を示してくれたんだから、感謝することはあっても、面白くないなんて思ったりしないわよ」

「そうかなあ……」

「そうなの。それになさぬ仲って言ったって、私たちが結婚してからもう五年になるのよ。私が前の夫と別れたのは紀之が五歳のとき。その前からあの人は家に寄りつかなくなってたし、紀之についてもほったらかし。一緒に過ごした時間はもうあなたのほうが長いくらいじゃない？」

「そうなるのかな……。でも……」

「そんな顔しないの。それを言うなら、私のほうがずっと不安でしょ？　紀之の実の父親は見事なほどの『ダメンズ』、でも小百合《さゆり》さんは絵に描いたような良妻賢母だったじゃない。その後釜《あとがま》に座った私の身にもなってよ」

言うまでもなく、小百合というのは保行の前妻である。ふたりが結婚したのは今から十一年前、保行が三十二歳のときだったと記憶している。すぐに千遥を授かり、順調な夫婦生活が続いていくだろうと思った矢先、小百合が病死。もともと心臓に疾患があったことは保行に聞いていたが、それ以上のことを万智は知らない。根掘り葉掘り訊くようなことではないし、なにより当時、万智自身が離婚したばかりで生活を建て直すのに必死で、それどころではなかったのである。

保行の母である弓子は、小百合をずいぶん気に入っていたらしく、小百合自身も弓子を慕《した》っていた。だからこそ保行の結婚とともに同居生活が始まったに違いないし、弓子と、千遥を抱いた小百合が並んで微笑んでいる写真が数多く撮られたのだろう。そこは相手の酒と浮気が原因で離婚し、前夫の写真など押し入れの奥に突っ込みっぱなしにしている万智とは大きく異なる点だった。

千遥が実母を慕う気持ちは、紀之の実父に対するそれよりずっと強い。唯一の救いは、千遥が母を失ったときはまだ二歳で、記憶に残る部分がほとんどないことだが、写真の中に残る母の姿に物思うことも多いだろう。

明らかに私のほうが分が悪い——それが、なさぬ仲の親子関係について、万智が常々抱いている思いだった。

「紀之にしてみれば、鉛筆やシャーペンの持ち方なんて細かいことまで気にして、対策を考えてくれるなんて加点要素でしかないわ。前の父親なんて、お箸や鉛筆の持ち方を教えるどころか、酔っ払って投げつけるのが関の山。小さな子どもに尖ったものを投げつけるなんて、人間とは思えないもの」

　その人間とは思えない相手を夫に選んだ自分の浅はかさ……それを思うと、万智はついつい唇《くちびる》を嚙みしめてしまう。そんな万智の姿を見て、保行が慌てたように言った。

「やめろよ。そんなことをしたら、また血が出ちゃうぞ」

　保行は、これまでに何度も自分の歯で唇を傷つける万智を見てきている。さらに、できた傷が口内炎になって痛みに耐えかねている姿も……。そして彼は、自業自得としか言いようがない万智の傷に、我がことのように痛そうな顔をするのだ。

「ごめん。こんな話を持ち出した俺が悪かった。腹をくってやっていくしかないってわかってても、ついつい不安になって」

「それは私も同じ。でも『うちの子』たちはふたりとも上出来。大人の事情だってわかってくれるって信じるしかないわよ」

「だよな……俺も万智も、散々考えた上で家族になることを選んだ。難しいことは百も承知だし、問題が起こらないほうがおかしい、って頭ではわかってるんだけど、やっぱり問題はひとつでも少ないほうがいいって気持ちは止められない」

　だからこそ、子どもたちにおっかなびっくり接することになってしまう、と保行は項垂《うなだ》れた。

けれど、万智の目から見れば保行は決しておっかなびっくりではなかった。ただ、問題が起こらないように細心最大の注意を払っているだけで、子どもたちの顔色を窺うようなことはしていない。たとえ、内心びくびくしているにしても、その怯《おび》えのようなものは、完全に彼の中に封じ込められていた。

「大丈夫。さっきも言ったとおり、あなたの前任者は思いっきり黒星を重ねていった。黒星で当たり前、引き分け上等。白星なんて付いた日には大歓声よ」

たとえ四歳や五歳の子どもだったとしても、母親が暗い顔をしていれば、困り事があることぐらいわかる。紀之にしてみればものを投げつけられるのは言うまでもなく、父親のろくでもない行為に嘆いたり、後始末に奔走したりする母を見なくて済むだけで御の字のはずだ。ましてや今の万智は幸せそのもの、眉間に深い皺を寄せることも、肺が空になるようなため息を漏らすこともない。

母親の笑顔は子どもの心の平安の基本なのだ。保行との再婚こそが、万智に笑顔を取り戻させた。

紀之だってそれぐらいのことはわかっている、と万智は信じていた。

「私たちのモットーは……」

「『明日は明日の風が吹く』」

「そのとおり。ただでさえ忙しいんだから、今、明日の風の心配までするのはやめましょう。とにかく、シャーペンと鉛筆の持ち方が違うことを教えてくれてありがとう。私には絶対に気付けないことだったもの」

親が側についているとはいっても、ひとりとふたりではやはり違う。実の親云々《うんぬん》以前に、子どもに注ぐ目が多ければ多いほど、気付くことも増えるはずだ。

特に、万智と保行の場合、興味の対象も得意分野もかなり異なる。たとえ同じものを見たとしても、抱く感想も施せるアドバイスも違うのだ。複数の考え方を示してもらえるというのは、子どもにとって幸せなことだと万智は考えていた。とりわけ、冷静になろうと心がけていても、ついつい感情に走りがちになってしまう万智にとって、保行は子どもを育てる上でも、ありがたいパートナーだった。

「紀之は男の子だし、これから先、私ではわからないことも増えてくると思う。保行さんがいてくれるとすごく心強いの」

「それはこっちも同じ。俺も男だから、男の子は単純だってのはわかってるけど、千遥はやっぱり難しい」

「じゃあ、お互い様ってことで、せいぜい頑張って『親』をやりましょう」

「だな。できる限りのことをするしかない」

そう言うと、保行はちょっとほっとした顔になった。そして、おもむろにカウンターを回って台所に入ってくると、流しの下から砥石《といし》を取り出す。

「できる限りのこと、で思い出した。そろそろ包丁の切れ味が落ちてくるころだろ？研《と》いでおくから、先に風呂に入ってきなよ」

これぱかりは俺のほうが得意だしね、と保行はにっこり笑う。確かに、万智も包丁を研ぐことは研ぐのだが、仕上がりは断然保行のほうが上だ。おそらく力の入れ加減が違う、あるいは万智がせっかちな性格のせいか丁寧に研ぎきれていないのだろう。

いずれにしても、時間があるときは自分が研ぐ、という保行の提案に甘え、常磐家の包丁は保行が研ぐことが多くなっていた。

「うわー嬉しい！　じゃあ、私がお風呂から上がったら、エリンギでも炒めておく！」

「あ、あのペペロンチーノ風のやつ？　あれ旨いよな！」

「ビールにもいいし、白ワインもきんっきんに冷えてるわよ！」

「ビールかワインか……うーん、迷うな。いっそ両方……」

「それもありね」

「よし、じゃあさっさとやっつけよう」

「私も、お風呂入ってきまーす」

さっきまでの不安そうな顔は完全に消え、保行は鼻歌まじりに包丁を研ぎ始める。

万智はちょっと調子っ外れな鼻歌を聴きながら、バスルームへ向かった。

冬なら身体が温まるまで湯船でのんびりするのが基本だが、万智の夏の入浴は短い。どうかすると、シャワーだけで済ませる日もあるぐらいだ。

烏《からす》の行水さながらのスピードで風呂から出てくる万智を見ては、保行は顔をしかめる。

季節を問わず身体を温めることは大事、とりわけ夏は冷房のせいで知らないうちに身体が冷えていることがあるから、なおさらしっかり温まらなければならない、と言うのだ。

彼の意見は至ってまっとうで、反論の余地はない。だからこそ、夏でも週に二日か三日はしっかり湯船に浸《つ》かるようにしてはいるが、美味しいワインとそれにぴったりのおつまみのためなら、保行も目をつむってくれるだろう。

十分足らずという女性にしては最速に近いであろうスピードで入浴を終え、万智は台所に戻った。ちょうど包丁を研ぎ終わった保行が浴室に向かうのを見届け、万智は冷蔵庫を開けた。

「エリンギとニンニク、あ、玉葱《たまねぎ》が半分残ってた。これも入れちゃおう。それから、鷹の爪！」

冷蔵庫を閉めた万智は、にんまりしながら乾物入れから鷹の爪が入った小袋を取り出す。

鷹の爪は丸のままと輪切りにしてあるものを常備しているが、そのまま食べてしまえるよう輪切りを使うことにした。

『ペペロンチーノ』は、茹でたパスタをニンニクとオリーブオイルで炒め、唐辛子で辛みを利かせた料理である。常磐家ではパスタに止まらず、ニンニクとオリーブオイル、唐辛子で炒めた料理はすべて『ペペロンチーノ』と称していて、昼夜を問わず、頻繁に食卓に上る一品だ。とはいえ、辛い物好きの紀之はさておき、辛さが苦手な千遥を考慮して、唐辛子の量を少なめにしている。

分けて作ればいいようなものだが、面倒が先に立って一度に作った結果、大人には少々物足りない味になりがちだ。だが、今日食べるのは大人だけ、鷹の爪だって使い放題だ。

「もう、ここぞとばかり入れちゃうぞー！」

ニンニク、エリンギ、玉葱を手早く刻み、浴室の様子を窺う。ほどなくドアが開く音がした。長風呂奨励の保行も、風呂上がりのビールとワインの誘惑に勝てなかったらしく、いつもよりずっと短い入浴時間だった。

「そりゃそうよねー」

満足そのものの独《ひと》り言《ごと》を漏らしたあと、万智はフライパンにオリーブオイルをたっぷり垂らす。即座にニンニクと大量の鷹の爪を投入、あとはスピード勝負だった。

「うほーっ！　いい匂い！」

保行は戻ってくるなり歓声を上げ、上機嫌で冷蔵庫を開ける。

「万智、ビールはどれにする？」

冷蔵庫の中には常時、三種類ぐらいのビールが入っている。国産だったり輸入物だったりで、銘柄《めいがら》はいろいろだが、基本的にピルスナーかエールタイプのものが多い。稀にスタウトやヴァイツェンが入っていることもあるが、今日は国産のピルスナー二種と輸入物のエールだけだった。

「うーんと、今日はピルスナーの気分かな」

「じゃあ、こっちだな」

そう言いつつ、保行が取り出したのは地ビールの缶。日頃から万智が気に入っているものだった。

「正解。後味すっきりピルスナーはニンニク料理の味方よ」

「ただの好みだろ。俺はエールにする。このしっかりした味付けにはエールこそ相応しい」

「それこそ好みよ」

ケラケラと笑いながら、万智は出来上がった料理を皿に移す。保行も万智もこの料理が大好きだから、ビールを呑んでいる間になくなってしまうかもしれないが、そのときはワインに合う料理をもう一品作ればいい。

ささっと作ったつまみで酒を呑む。つまみが足りなくなればまた作る――立ったり座ったりで忙《せわ》しないという人もいるだろうけれど、万智はそんな呑み方が気に入っている。

なんというか、居酒屋ごっこみたいで楽しいのだ。それに、時々は保行が本や雑誌で見た料理を作ってくれたり、外で食べてきた料理を再現してくれたりすることもある。

テーブルについて酒を呑みながら、カウンターの向こうで立ち働く夫を見ているなんて、前夫との生活では考えられなかった。

――なんてありがたい生活なんだろう。どうか、この生活を失わずに済みますように……

そのためにはお互い、そして子どもたちへの配慮は欠かせない。気を遣わずに済むのが家族のいいところだという人もいるだろうが、今の万智たちにはあてはまらない。

なんと言っても今の常磐家は、過去にばらばらになったものを寄せ集めて再構成された家族なのだ。

紀之とふたりで生きていく決心をしていた万智に、保行は新しい家庭を与えてくれた。

自分だけが大事で、子どものことなどほったらかしだった前夫のおかげで、万智はずっとひとりで子育てをしていたようなものだった。そんな万智にとって、自分以外に子どもに気を配ってくれる人間がいるありがたさは、語り尽くせないほどだ。

その上、保行は料理教室という新しい仕事、ひいては新しい生き方を示してくれた。この家が二世帯住宅でなければ、自宅で料理教室を開くことなど不可能だった。保行は戸惑う万智の背中を全力で押してくれた。それはきっと、万智ならやれる、と信じてくれたからこそに違いない。

仕事だけではなく、家庭運営についても同じだ。日中留守をする保行が家庭運営の中心となることは難しい。だから主導権は万智に渡し、自分はできる限りのサポートをする。そのサポートもただのお手伝いではない。万智が助けを求めたときは、万難を排して駆けつけてくれるだろう、と信じられるものだ。ずっとひとりで紀之を育ててきた万智にとって、なにかあったら助けてもらえるという信頼感こそが、なにより必要なものだった。

――今の暮らしは保行さんあってのもの。とにかく保行さんの期待に応えたい。今の幸せな暮らしをずっとずっと続けたい。そのためにはどんな努力だってするし、お互いはもちろん、子どもたちへの気配りや譲り合いも当たり前。そうやっているうちに、いつかきっと、なんの遠慮もなくいろんな思いをぶつけ合える日が来る。ビールとエリンギを交互に口に運ぶ保行を見ながら、万智は明るい未来を思い描いていた。

ジンギスカンの宴《うたげ》

自宅の玄関を出て階段を下りる途中で、万智は空を見上げてにっこりと笑う。

真っ青な中に、もくもくと入道雲が立ち上る。子どもに夏の空を描かせたら、十人中七人ぐらいはこんな絵になりそうだな、と思いながら、万智はキッチンスタジオの鍵《かぎ》を開けた。

今日は七月二十九日、月曜日、料理教室を開く予定はない。にもかかわらず、万智がキッチンスタジオに行ったのは、友人を迎える準備のためだった。

友人の名前は鷹野《たかの》桂《けい》。実家が近所で同い年、幼稚園から高校まで同じところに通った。

大学進学に際し、万智は自宅通学が可能な大学を選んだが、彼女は実家を離れた。そのため、会う頻度はぐっと下がったし、就職後もそれは変わらなかった。おまけに、結婚して数年後に桂が夫の仕事の関係で海外移住してからは、数年に一度ぐらいしか会えていない。それでも、万智にとって桂は唯一無二の親友で、連絡を絶やすことはなかった。

連絡といっても、そう頻繁ではない。年末年始に一度、あとはお盆あたりに、『元気?』なんてメールを送り合うのがせいぜいだ。それでも、都合がつけば会いたいと思うし、会えば子どものころ同様に、時が経つのを忘れてたわいもない話題で笑い転げられる相手。それが桂という人だった。

その桂が、久々に連絡をしてきた。しかも『至急!』なんてタイトルが入ったメールだったため、何事かと慌てて読んでみたら、夏休みに帰国するが、七月二十九日は空いているか、というピンポイントのスケジュール確認だった。

桂は昔からこんな感じだ。

平日なので夫の保行は仕事、料理教室の予定はないから昼間なら大丈夫、と返信を打つと、即座にまたメールが来て、紀之もいるかと訊ねてきた。どうやら、彼女の息子の寛太《かんた》を紀之に会わせたいらしい。

寛太は確か十歳、千遥と同い年だが、彼は早生まれで学年はひとつ上になる。子どもたちは、三年前にも一度会っていて、そのときに紀之が自分のゲームを寛太に貸してやったり、お気に入りの本を読ませてやったりして、ずいぶん仲よく遊んでいた。

寛太はきっとあのときのことを覚えていて、また会いたいと思ってくれたのだろう。

紀之に確認したところ、夏休みに入ってから課外授業や友だちとの約束がたくさんあるが二十九日なら大丈夫、との答えだった。かくして、七月二十九日の昼前、桂が息子を連れて万智の家に来ることになったのである。

桂と会うときはたいていどちらかの家だったが、万智は自宅で会うことを提案した。キッチンスタジオなら広いし、作りながら食べたり呑んだりするのにうってつけだと思ってのことだった。

万智の提案に桂は大喜びし、食材や飲み物にかかるお金はもちろん折半、その上、あちらで覚えた料理を伝授するとまで言ってくれた。

かくして、久しぶりの幼なじみとの会食は、半ば料理教室のような感じ、キッチンスタジオ利用に相応しい内容となったのである。

「おー久しぶり！　元気だった？」

勢いよくドアを開けて入ってきた桂は、そこにあった食材を見て歓声を上げた。

「ワーオ！　お肉山盛りだ！」

「ワーオって……桂がいるのってタイだよね？　あそこってそんなだった？」

「明るくて元気な国だよ。それより、これってなに？」

「ラムとマトンが半分ずつ。もやしとキャベツと玉葱、人参もご用意しました！」

「ってことは、ジンギスカンだね！　懐かしい！」

高校の修学旅行で食べたよね、と桂は嬉しそうに言う。

それは万智も覚えている。高校二年生のとき、万智と桂は同じクラスだった。行動班を決めるとき、生徒の自由に任せると仲間はずれが出かねないということで、くじ引きになってしまった。これは一緒になれないな、とがっかりしていたら、奇跡的に同じ班になれて、ふたりで手を取り合って喜んだ。

そんな修学旅行はとにかく楽しくて、中でも最終日に食べたジンギスカンのことは今でも忘れられない。桂はとりわけ気に入って、食べ放題をいいことに次々肉を追加、明らかにキャパシティオーバーなのに、食べ放題で残すのは御法度《ごはっと》と無理やり詰めこんだ。結果として、満腹のあまり息をするのも苦しい状況に陥ってしまったのだ。

あれからずいぶん時が過ぎたけれど、桂は今でも時々、あのときのジンギスカンは美味しかった、もう一度食べたい、と言う。それを聞くたびに万智は、そんなに気に入ったのなら同じ店の肉を取り寄せればいいじゃないか、と言うのだが、桂は残念そうに首を横に振った。

実は既に何度か取り寄せてみたらしい。それでもあのときの美味しさは再現できなかった。きっと『修学旅行』という味が足りないのだろう。あの味は、若さ任せの馬鹿騒ぎがあってこそのものだったに違いない、と言うのだ。

確かにその点は否めない。だが、あの店は肉そのものもタレの味も上等だった。普通に食べても十分美味しいはずだし、幼なじみと一緒に食べたら、少しはあのときの味に近づくのではないか。

そんな理由から、半ば実験的に、万智は北海道からジンギスカン用の肉を取り寄せたのである。

「ついでにジンギスカン用のお鍋も買っちゃった。これで私たちがどれぐらい高校時代に近づけるか、やってみようよ」

「おー！　心の友よ！」

桂はまるで国民的人気漫画のガキ大将みたいな台詞で感激している。さらに、両手を広げて抱きつきに来るのを素早く避け、万智はキッチンスタジオの片隅にある戸棚を開けた。

その棚には予備のエプロンと三角巾代わりのバンダナが入れてあり、うっかり忘れ物をした参加者に貸し出している。そのうちの一組を取り出し、万智は桂に手渡した。

「はいはい。ここは日本。海外レベルのオーバーアクションはおやめください。さあ、これが桂のエプロン。さっさとつけて始めましょ」

「合点承知の助」

「桂、あんた浦島太郎状態なんじゃない？　さすがにもうその言葉を使ってる人はいないと思うよ」

「あらそう？　別にいいじゃない、今浦島でも」

桂は平然とエプロンを受け取り、ついでのように子どもたちの様子を確認した。満足そうに笑って言う。

「もうあの有様。寛太、挨拶ぐらいしたの？」

紀之と寛太は、試食用のテーブルの椅子に並んで腰掛けている。ふたりの手には同じ機種の携帯型ゲーム機がある。あらかじめ、寛太がどんなゲームをやっているか確認したところ、紀之がやっているのと同じ対戦型のゲームがあった。ラッキー！　なんて大喜びしていたから、早速、対戦を始めたのだろう。

桂と一緒に入ってきたときにぺこりとお辞儀はしていたし、あの状態では親の言葉なんて耳に入るはずがない。だが、彼は律儀に返事をした。

「ノリくんにはちゃんと挨拶したよ。万智おばさん、こんにちはー、うわあ！」

そこで寛太の絶望的な声が上がった。紀之がガッツポーズを決めたから、おそらく寛太が返事をしている間に、紀之が必殺技でも繰り出したのだろう。年上のくせになんて容赦ない、と思ったものの、寛太は気にするでもなく次の対戦を申し込んでいるようだから、あれはあれでいいのかもしれない。

「幼稚園児ってわけじゃないから、あのふたりは放置ね。ご飯ができたら寄ってくると思うわ」

「了解。ところで……千遥ちゃんは？」

「朝から塾よ」

「まだ四年生なのに朝から塾!?　大変だねえ」

「たまたま時間割がそうなってるだけ。昼過ぎには帰ってきてあとはだらだらしてるわ」

「そっか。でも……五年生になったらもっと塾の時間が増えるんでしょ？」

うちのはあんなだけど……と桂は寛太のほうをちらりと見た。その眼差しが、なんだかいつもの桂らしくない。思うところでもあるのだろうか、と窺っていると、声を低めて桂が言った。

「ここだけの話、今年いっぱいで夫が帰国できそうなの。それで、あの子の中学をどうしようかと思って……」

「どうしようって……私立も考えてるってこと？」

「夫はね。実は彼の両親も、中学は私立のほうがいいんじゃないかって。帰国したらたぶん社宅に住むことになると思うんだけど、そのあたりは、公立の中学がちょっと荒れてるんだって。だから、社宅に住んでる人たちは、ほとんどが私立中学に通わせてるみたい」

「社宅に入らないって手はないの？」

社宅は選択肢のひとつに過ぎない。私立中学への進学が前提となるぐらいならよそに住めばいい。公立中学が荒れていない地域を探せばいいだけのことだ。

ところが桂は、ため息をつきながら言う。

「私もそう言ったんだけど、もともと夫は小学校から私立だったでしょ？　どっちにしても、はじめに私立ありきなのよ。どうかすると、よさそうな学校がある地区に住むって言い出しかねない」

だったらよさそうな公立学校を探してほしいもんだ、と桂は仏頂面になる。

そんな桂の顔を見ていて思い出した。この顔には見覚えがある。

寛太が生まれてしばらく経ったころ、桂夫婦は寛太の小学校受験を巡って大喧嘩をしたことがある。私立推奨派の夫は当然のように、幼稚園入園とともに小学校受験対策の塾に入れようとしたが、桂は大反対。なぜなら彼女は幼稚園から大学まで、終始一貫公立育ちで、幼稚園のうちから受験のための塾なんてとんでもないという考え方だったからだ。

『ずーっと公立でもなんの支障もない。それとも私になにか問題があるとでも？』

そんな桂の一言に、彼女の夫はそれでも、昔と今は違うだの、幼少期の環境は将来の交友関係に大きな影響を及ぼす、だの反論したらしい。もちろん桂もまた言い返し、侃々諤々《かんかんがくがく》のやりとりが続いたが、結論が出るより先に、夫に辞令が出た。結果として、タイへの転勤によって、寛太の私立小学校受験は立ち消えとなったのである。

そして今、帰国の可能性が濃厚、寛太は小学五年生ときては、受験問題が再燃するのは当然といえば当然の成り行きだった。

「夫は、今度こそ寛太を私立に入れようって魂胆よ。今回の帰国も、半分ぐらいは塾選びのためなの。よさそうな塾を探して、できれば体験講習も受けさせてこいって……ひどくない？」

せっかくの夏休み、久々の帰国だというのに、なにが悲しくて塾巡りをしなければならないのだ。

そもそも寛太は小学校入学とともにタイに渡った。日本人学校に入学したとはいえ、日本にある小学校とはいろいろ異なる点も多い。国内間でも困惑する子どもが多いのに、寛太は海外からの転校なのだ。まずは学校や日本での生活そのものに馴染めるかどうかを気にするべきなのに、すべてをすっ飛ばして受験準備なんて言語道断だ、と桂は憤懣《ふんまん》やる方ない様子だった。

「でも、結局は帰国してきたんだから、塾を探すつもりじゃないの？」

「帰国しちゃったらこっちのものよ。探してみたけど合いそうな塾はなかった、で終わらせるわ」

「うわあ……それはちょっとひどくない？　っていうか、それで通るの？」

「そこはやり方よ」

なんのかんの言っても、夫だって寛太がかわいいのだ。息子の将来を思うが故《ゆえ》に私立に入れようとする。桂はそれがわかっていて、夫の気持ちを逆手《さかて》に取るつもりらしい。

「高校と違って、落ちても行くところがある中学受験は本人のモチベーションが大事。それぐらい夫だってわかってるわ。だから、寛太自身が『私立になんて行きたくない』って思ったら、話はそこで終わり。小学校のお受験なら親に言われるまま、ってこともあるけどさすがに中学受験じゃ、無理強《むりじ》いはしないはずよ」

「桂、それは甘い考えよ。あ、そのお鍋洗ってくれる？」

話しながらキャベツや玉葱を刻み始めた万智は、脇に立ってしゃべり続けている桂に新しい鍋を顎で示す。普段の料理教室では、絶対にこんな行儀の悪いことはしないが、相手が桂となったらなんでもあり。それも幼なじみだからこその気楽さだった。

桂は桂で、文句ひとつ言わずに鍋を洗い始め、それでもちゃんと訊き返す。

「甘い考えって？」

「確かに受験は本人のモチベーションが大事。でもそのモチベーションも中学の場合は親次第ってところがあるのよ」

私立の利点を並べ立て、いかに素晴らしいか刷り込む。あるいは公立の欠点ばかり教え、そんなところには行きたくないと思わせる。中学受験をするのは六年生の冬であっても、準備に入るのは三年生とか四年生の子どもが多い。それぐらいの子どもの意思なんて、まだまだ親が操作可能なのだ。

「中高一貫校に行けば、高校受験をしなくていい。そう教えるだけで私立を選ぶ子も多いわ。特に男の子なんて、受験がない分、趣味や部活に打ち込めるよ、と囁《ささや》くだけでOK。簡単なものよ」

「えーでも……中学受験の勉強だってすごく大変だって聞くよ。高校受験と大差ない……もしかしたら中学受験のほうが大変かも。結局、今やるか、あとでやるかの違いでしかないじゃない」

「まあね。でもそんなことは始めてみるまではわからない。いったん塾に入っちゃったら、あとはうまい具合に受験まで引っ張ってくれちゃうのよ。そりゃあすごいわよ、塾のシステムは」

「そういうものか……」

「そういうものなんです。さて、野菜は切れたし、お肉もOK」

「相変わらず口八丁手八丁だねえ……。しかもこんなにきれいに盛り付けちゃって……」

大皿に並べられた野菜や肉を見て、桂が感心している。とにかく早いし、自分なら野菜はまとめて笊に突っ込む。肉だってボウルにあけておしまい、わざわざ肉とタレを分けたりしない、と桂は言う。だが、万智は仮にも料理を教えている身、特にジンギスカンなんて作業としては野菜を切るだけで終わりなのだ。これぐらいできなくてどうする、だった。

「お鍋も洗えたわね。じゃ、そろそろ始めましょうか？」

そう言うと、万智は肉と野菜の大皿を試食用のテーブルに運ぼうとした。ところが、そこで桂がストップをかけた。

「ちょっと待って。先に私の料理を作っちゃおうよ」

そういえば、あちらで覚えた料理を教えてくれるという話だった。

なにか用意するものがあるか、と訊ねたところ、自分で持っていくとの答え。だから万智は、桂がどんな料理を作るつもりなのか、まったくわからなかった。

興味津々の万智の前で、桂は持ってきた布製のエコバッグから食材を次々取り出す。同じメーカーのバッグは日本でも売られているが、それには「ＢＡＮＧＫＯＫ」という文字は入っていない。

しかも赤と白のツートンカラーで、なんとなくタイっぽいなあ……と思っていると、桂がにやりと笑った。

「いいでしょ？　たぶんこのツートンはこっちじゃ売ってないと思うよ」

「うん、見たことない。素敵だね」

「万智なら絶対気に入ると思って持ってきたの。じゃ、これはあげる」

え……？　と思っていると、桂は空になったエコバッグをささっと畳み、万智に差し出した。

「万智は仕事で世界中に行ってたし、変に甘いお菓子もらっても困るでしょ。だから実用品がいいかなって。でもって、食材を入れるのにちょうどよかったのよ。だから、中身と作り方を含めて、これが万智へのお土産」

さーて、作りますか！　と桂は腕まくりをしたあと、エコバッグから出したニラともやしを洗い始めた。ほかにエコバッグから出てきたのは、エビと豚肉、そして袋入りの麺だった。

洗ったニラをざくざく切りながら、桂が訊ねる。

「卵、あるよね？」

食材を揃えて持っていこうと思ったけれど、よく考えたら卵を持ち運ぶのは面倒くさい。その時点で電話でもして頼むべきだったけど、卵ぐらいあるかなーと思って、と桂は舌をぺろりと出す。

お土産のエコバッグを使ってしまうところも、卵の用意を頼み忘れるところも、いかにも桂らしい。実質本位でざっくばらんな性格は、昔からずっと同じだった。

「あるわよ。いくつ？」

「ふたつ！」

苦笑まじりの万智の問いに元気よく答えたあと、桂は調理台の前で両手を広げて、食材を示した。

「さて問題です！　これらを使って私はいったいなにを作るんでしょうか？」

ニラともやし、卵、袋入りの乾麺《かんめん》、エビに豚肉……。麺は白っぽいから米麺だろう。そして彼女が暮らしているのはタイ、とくれば、答えはひとつだった。

「パッタイ！」

「はい、正解。輸入食材店でも簡単に手に入るインスタント麺で作れるタイ風焼きそば。もっちもちの平打ち麺、しゃきしゃきの野菜、ぷりっぷりのエビ、適度に脂の入った豚肉もたっぷり。独特の酸味とナンプラーの香りがお好きな方には堪らない一品でーす！」

作り方も簡単、説明書もこのとおり、と桂は麺の袋を裏返す。覗き込んでみると、そこに書かれていたのは紛《まが》うことなき日本語だった。

「なんだ、これってこっちで買ったの？　タイから持ってきたのかと思った」

「そんな面倒くさい。っていうか、こっちで買えるものじゃないと困るよ」

いくら美味しくて簡単でも、食材そのものが手に入らなければ再現できない。それでは作り方を教える意味はない。食べたいのに食べられなくて、悔《くや》しい思いをするだけだと桂は主張した。

「ツアコンあがりの万智なら、本場の味はやっぱり違う、って言うんだろうけど、このインスタント麺、けっこういい感じなんだよ」

「そりゃそうでしょ。輸入食材店で売ってるってことは、もともとあっちのもの、ソースだって現地の味だもん」

「あ、そうか……言われてみればそうだね」

ごもっとも、と桂は大笑いしている。そんなところも含めて、まったく変わっていない桂に、万智はほっとする思いだった。

「ってことで、本日、桂ちゃんがご提供するのはタイ風焼きそば『パッタイ』でーす。万智、悪いけどエビ剝《む》いて」

「はいはい。背腸《せわた》もお取りしますよ。桂に任せたら、絶対取らないでしょうから」

「失礼だね。ちゃんと取るよ。背腸が残ってると食べたときにじゃりじゃりしていやだもん。背中に竹串《たけぐし》をぐさっと刺して、ちょいちょいってなものよ」

「へえ、竹串を使うんだ。それは上級。でも、炒め物にするときは背中から包丁を入れて切り開いてから取ったほうがいいよ。そうするとソースもちゃんと滲《し》みこむの。天ぷらやフライなら竹串で頑張ってほしいけど」

「なるほど、勉強になります、万智先生！」

「茶化《ちゃか》さないの！」

「ほーい」

どちらも四十二歳、子どもまでいる大人同士なのに、まるで子どもみたいなやりとりが続く。

普段は滅多《めった》に会えない。それでも、会えば一瞬にして子ども時代に戻れる。それが学生時代の友だちや幼なじみのいいところだろう。

万智がエビの下拵《したごしら》えをしている間に、桂はニラと豚肉を切った。卵も溶いたし、あとは麺を茹でて炒めるだけだ。

「では、ここから一気にいきまーす！」

大きなフライパンに麺の袋の説明どおりの分量で水を入れる。

想定されていたものよりフライパンが大きかったせいか、水が行き渡らない気がする。大丈夫かな……と思っていると、桂が大胆に水を足した。

「桂！　最初に量って入れた意味がないじゃん！」

「だってこれじゃあ絶対に足りないよ。ばりばりのパッタイなんてやだもん」

「べちゃべちゃもやだよー」

「あーもう、『先生』はうるさい！　多ければあとで捨てればいいの！」

説明書きどおりに作ってよ！　と叫びたくなる。そもそも万智なら料理を教えると言いながら、ソース付きのインスタント麺など持ち込まない。ナンプラーやタマリンドジュースを揃え、じっくり煮込んでソースを作る。タマリンドジュースは手に入りにくいから、酢で代用することもあるかもしれないけれど、とにかくはじめに手製ありきだ。袋に書かれている説明書きどおりの作業なら、教えてもらわなくても作れるだろう。

まったくあんたは……と本日何度目かの苦笑を浮かべつつ見ていると、案の定水がなかなかなくならない。水がなくならないとほかの食材を炒められないのに、と思ったとたん、桂はさっき万智が野菜を洗うのに使った金属製の笊に、フライパンの中身をざっとあけた。

「これでOK。さてエビと豚肉を入れましょ」

「両方？　普通はどっちかじゃないの？」

「エビも豚も美味しいじゃない。一緒に入れても全然平気」

「もはや、『桂の大胆クッキング』だね」

た。

「鷹野家の日常でござるよ」

平然と言い放ち、桂はフライパンにどかどかとエビと豚肉を投入した。

エビと肉に火が通ったあたりで、溶き卵を入れ、麵に絡めたあと仕上げに野菜を入れる。ほとんど時間をおかずに火を止めたのは、ニラともやしの食感を残したいからだろう。そのあたりは、けっこうわかってるんだなーと失礼な感想を抱く万智だった。

ビール、ワイン、子ども用のジュースにお茶……飲み物もずらりと並べられ、食事は準備万端となった。

ランチタイムからアルコールというのはいかがなものか、と思わないでもないが、相手が桂となったらなんでもあり。仕事じゃないし、車の運転もしないなら、吞みたいときに吞むべし、がふたりのモットーだ。

どうなることかと思った『パッタイ』も実に美味しそうに出来上がり、匂いを嗅《か》ぐだけで昔食べたパッタイソースの独特の酸味が思い出された。

麵と具が同じぐらいの量ではないか、と思うほど、あっちにもこっちにも野菜やエビ、豚肉が覗いている。インスタントとは思えない出来上がりで、さすがはタイからの輸入品だけのことはある。

カセットコンロの上に置かれたドーム状のジンギスカン鍋には野菜がこんもり、さらにその上に、肉がのせられている。

ジンギスカン用の肉が羊であることは言うまでもないが、形状としては円形で薄切り、味付けなしのものと、一般的な焼き肉用の形と大きさでタレに漬けられたものがある。円形薄切りは火が通りやすく食べやすいが、しっかりタレに漬けられていてもなお、肉そのものの旨みが十分感じられる『焼き肉タイプ』には及ばない、と万智は考えている。もちろん、修学旅行で食べたのも『焼き肉タイプ』だった。

おーこれこれ、と目を細め、桂はゲーム機から目も上げない男子ふたりに声をかける。

「ほーら、息子ども！　飯でござるよ！　冷めないうちに食いたまえ」

「なにその言い方！　それも『鷹野家の日常』なの？」

「もちろん。うちはいつもこんな感じ。周りは外国人ばっかりで、注意されることもないし」

「帰国したら大変よ。お姑さんとか、けっこううるさくなかった？」

「そのときはそのとき……というか、言葉より塾だった……」

そこで桂は、再び寛太の中学受験のことを思い出したらしい。それでも、火が通り始めた肉をせっせとひっくり返しながら、紀之に話しかける。

「ねえ、ノリくん。中学生活はどう？　楽しい？」

とりあえずゲーム機から目を離したものの、今度は焼けていく肉に釘付けになっていた紀之は、いきなりの質問に困ったような顔になる。

中学生活はどう？　と訊かれたところで、この四月に入学したばかりで、ゴールデンウイークなどの休みもあったし、実質三ヵ月ぐらいしか通っていない。楽しいと答えても、その逆でもなんとなく正解とは言えない気持ちになるのだろう。

だが、大人に話しかけられたからには無視はできない……と思ったかどうかは定かではないが、とにかく紀之は考え考え答えた。

「楽しいか楽しくないかと言われたら、楽しくない」

「え!?」

仰天したのは万智だ。受験を乗り越えて入学、満足して通っているかと思いきや、楽しくないときたもんだ。親としては、いったい学校でなにがあった？　と問《と》い質《ただ》したくなるほどだった。

一方、桂はやけに嬉しそうに頷いている。

「そっか、そっか、楽しくないか。やっぱりなあ……」

「ちょっと桂、なにがやっぱりなのよ！　紀之、どういうことなの？」

「お母さん、そんなにいきり立たないでよ。楽しいか楽しくないかと言われたら、って言ってるじゃない。そもそも学校は楽しいか楽しくないかなんて決める場所じゃないよ。学校は勉強をしに行くところ。あ、先生は『人間関係の構築を学ぶ場所』とも言ってるけどね。とにかく、遊びに行ってるわけじゃないんだから、楽しいとか言うのは違うよ」

「がびーん……十三歳に正論かまされた！」

今度は桂が頭を抱え、万智がにんまり微笑む番だった。

「なるほど、大正解。じゃあ、質問を変えましょう。今の中学に入ってよかった？」

「当たり前じゃん。あ、これもういいんじゃない？」

即答した紀之は、暗い赤茶色だった肉が白っぽくなったのを目敏《めざと》く見つけ、箸を伸ばすかと思いきや、彼は寛太に取るように促した。

「お先にどうぞ」

「あらあ……紳士だね、ノリくん」

「お客さん優先だよ。そうじゃなくても、俺は食べるのが早いし」

「え、そうだった？」

桂は不思議そうに紀之の顔を見た。前に会ったときはそうでもなかったけど……なんて呟きが漏れてくる。紀之は苦笑しつつ、タレが滲みていそうなところを狙って野菜を取った。

「前に会ったときって、三年ぐらい前でしょ？　今とは全然違うよ。たぶん、『塾弁』で早食いの癖が付いちゃったんだと思う。学校の友だちも、みんなけっこう食べるの早いもん」

受験準備も終盤に入ると、放課後の大半を塾で過ごす子も出てくる。夕食は弁当持参、しかも十分から十五分程度の短い休み時間に食べなければならない。自ずと早食いになってしまうのだ、というのが紀之の説明だった。

ひとしきり話し終えた彼は、さあ食べるぞ！　と箸を持ち直し、もやしとキャベツをまとめて口に運ぶ。寛太は寛太で玉葱の輪っかを箸に引っかけつつ、次の肉を狙っている。子どもたちの旺盛《おうせい》な食欲に目を見張りながら、桂はまた呟く。

「ふえー……中学受験にはそんな弊害も……」

ところが、その言葉を耳にするなり紀之は、ちょっときつい目で桂を見た。

「弊害って言わないでよ。少なくとも俺たちは害だなんて思ってないし、さっさと食べてほかのことをしたいって奴のほうが多いよ。学校で食べる弁当なんて特に」

食事はコミュニケーションの一環だという考え方もある。だが、食事時しか顔を合わせないならまだしも、登校から下校までずっと一緒に過ごしているのだから、あえて食事にこだわる必要はない。遊びながらでも、課題をこなしながらでも、友だちとの交流は可能だ、と紀之は言いたいのだろう。

「なるほどね……。そういうふうに言うところを見ると、ノリくんは中学生活を謳歌《おうか》してるってことか」

「まあね……ってか、桂おばさん、もしかして俺が後悔しまくってるほうがよかったの？」

「え……いや、そんなわけじゃ……」

紀之に思いっきり突っ込まれ、桂はしどろもどろになった。

けれど、万智が見ていても、桂の狙いはそこにあったとしか思えない。もともと彼女は中学受験否定派、ゆっくり食事も取れないような受験生活を乗り越えて入ったわりにはイマイチ、あるいは、まあこんなもんだよね、なんて妥協めいた言葉を期待していた可能性は否めない。もしかしたら、それに止まらず、寛太に中学受験の過酷さを教え、そんなのごめんだ、と思わせる意図もあったかもしれない。

ところがどっこい、紀之は大いに満足、学校がなにをすべきところかまでちゃんとわかっている。これでは桂もお手上げだろう。

桂は心なしか意気消沈しているように見える。目の前でどんどん焼けていく肉にも箸を伸ばさず、手持ち無沙汰《ぶさた》にビールの缶を弄んでいる。寛太は寛太で、どうやら自分に関わることらしい、と悟ったのか、箸を止めて大人たちを見た。

「もしかして、僕の学校の話？」

息子と目が合った桂が、やむを得ない様子で答えた。

「まあね。お父さんが転勤になりそうだって話はしたよね」

「はっきり決まったわけじゃないんだけど、可能性はかなり高いみたい。でね……あんたの学校をどうしようって話になってさ」

「うん……」

「転校……だよね」

あからさまに残念そうに、寛太は答えた。

きっと彼も、紀之同様、今の学校生活を気に入っているのだろう。三年前に、初めて会った紀之と即座に仲よくなったことからもわかるように、寛太はとても人なつこい性格をしている。友だちだってたくさんいるだろう。彼らと別れて帰国というのは、寂しいことに違いない。

それでも、自分ひとりで残るわけにはいかない。父親の仕事の都合なら仕方がない、と考えている。それは、転勤族の親の下に生まれた宿命とでもあきらめているのかもしれない。

「転校は仕方ないよ。みんなそうだもん。三月に何人かいなくなって、四月に同じぐらい入ってくる。まあ九月とか十月の子もいるけど……。今度は僕の順番ってことだよね。大丈夫、わかってるよ」

小さい子じゃあるまいし、泣いたりふくれたりはしない。日本に戻れば、先に帰国した友だちにも会えるかもしれない、と寛太は健気《けなげ》なことを言う。

桂はちょっと安心したように笑ったが、すぐに表情を引き締め、本題に触れた。

「物わかりがよくて助かるよ。でも、お父さんとお母さんが気にしてるのは、帰ってからの中学校のこと」

「あー……受験ね。お父さん、けっこうやる気だよね」

「え、そんな話したの!?」

「うん。通知表渡しのとき、先生に訊いてた」

「そういえば、あのときはお父さんが行ってくれたんだった。学校のことはいつもお母さん任せなのに珍しいと思ったらそんなことを……」

桂の話によると、寛太の通っている学校は夏休み前に親を呼び出して通知表を渡すそうだ。学習や生活上の反省点、今後の課題、夏休みの過ごし方、などを伝えるためだが、それは日本の学校でも同じようなものだ。だが、会社を休んでまで父親が出かけるというのは珍しい例ではないだろうか。特に、今までそういった行事に参加していない場合は……。

「それで、お父さんはなんて?」

まさか、学校で受験対策をしてくれとごり押ししたわけじゃないよね？　と桂は心配そうに訊く。もし本当にそんなことをしたとしたら、桂の夫はモンスターペアレント一歩手前、いや既にモンスターペアレント認定を受けてしまったかもしれない。

だが、さすがにそれは杞憂《きゆう》だったらしく、寛太は笑いながら言った。

「違うよ。お父さんはただ、五年生で帰国して、私立中学に行った子はいますか？って訊いただけ。今からで間に合うかどうかって……」

「あー実績確認ね」

それならまあ……と桂は胸を撫で下ろしている。だが、万智としては、訊かれた先生も気の毒に……と思うばかりだ。帰国直後の学校ならまだしも、その先の進路まで把握するのは難しいだろう。

「それで、先生はなんて？」

「五年生のときに帰って受験した子はいるし、合格した子もいますって」

「うーん……」

「間に合うかどうかは本人と志望校次第、って言われて、お父さん大喜び」

「だろうねえ……」

桂の反応は極めて曖昧だった。だが、長い付き合いの万智にはわかる。いっそ間に合わないと言ってくれればいいものを……と顔に書いてあった。

黙って寛太の顔を眺《なが》めている桂を見て、万智はやむなく口を開いた。

「カンちゃんはどう思ってるの？　中学受験、やってみたい？」

「僕？　僕は……」

そこで寛太は、ちらりと隣に座っている紀之を見た。寛太は紀之が受験して中学に入ったことを知っている。受験のなんたるかは理解していないにしても、入学するためにテストを受けなければならない学校がある、という概念はあるのだろう。紀之を前に、中学受験を否定するのはよくないと思っているに違いない。

それを察した万智は、安心させるように言った。

「紀之は紀之、カンちゃんはカンちゃん。気にしなくていいのよ」

「そうだよ。俺は好きで受験したけど、そうじゃない子もいる。どっちが上なんて決めるつもりもないよ。でもまあ、テストを受ける以上、それなりに勉強はしなきゃならない」

「うー……僕は、勉強はあんまり好きじゃない」

「やっぱりそうよね！」

飛びつくように答えた桂に、寛太は慌てて付け足した。

「でも、私立中学に行ってみたい気持ちはあるんだ。学校が合わなかったら困るし」

「え、どういう意味？」

男の子特有の言葉の足りなさか、寛太の説明は万智には少々腑《ふ》に落ちないものだった。桂も首を傾げている。そんな中、紀之だけがあっさり頷いた。

「わかるよ。学区で決められちゃう公立と違って、私立なら自分に合いそうな学校を選べる。万が一、入ってみて合わなければ公立に転校もあり。最初から公立に行ったら逃げ場がない——っていうのは、塾の先生の受け売りだけど。特にカンちゃんは一年生からバンコクだし、いくら日本人学校に通ってても、日本とまったく同じとは言えないもんね」

「いじめられるかもしれないし……」

寛太はやけに不安そうに言う。もしかしたら、誰かからそんな話を聞かされたのかもしれない。しょんぼりしてしまった寛太の頭を、よしよし……なんて撫でて、紀之はまた言う。

「なんなら、そういう子が多い学校に行けばいいよ」

私立の中には帰国子女向けの特別入試をおこなう学校もある。紀之の学校にもその制度があり、何人か帰国子女がいる。それなりに充実した生活を送っているようだから、寛太もそういう学校を選べばいい、と紀之は言った。

紀之の説明に、桂は意外そのものの顔で万智に確認した。

「そういう子って？　帰国子女のこと？」

「そうよ。帰国子女枠っていうのがあって、確か帰国して一年とか二年とか経っていないならそれが受けられるはず。無理だったとしても、そういう学校って帰国子女対応がしっかりしてると思うわ」

「帰国子女枠！」

万智の言葉に、桂は素《す》っ頓狂《とんきょう》な声を上げた。本当に私立受験について知らないんだな、と思いつつ、万智は説明した。

「海外の教育って、どうしても日本とは違う場合があるでしょ？　日本人学校でもカリキュラムに現地語が入る分、日本語の時間が少ないとか……。そういう子が不利にならないようにあらかじめ枠を取って、一般とは違う試験をする学校があるのよ。そういう学校なら、カンちゃんも馴染みやすいかも」

「なるほど……同じような子がいっぱいいるってわけか……」

ところが、それはありかも、としきりに頷く桂を見て、今度は寛太が不安そうに言う。

「帰国子女向けの試験って大変じゃない？　普通の受験だって。僕には無理かも……」

「それこそ、学校の選び方次第だよ」

「そうそう。紀之なんてすごく適当だったもんね」

「それは違うでしょ」

ちゃんと覚えてるわよ、と桂はきっぱり言い切った。

「寛太、このふたりの言うことを真に受けちゃ駄目だよ。ノリくんが行ってる学校は、適当に名前を書けば入れるようなところじゃない。ノリくんは、この学校に入りたいっていう目標がちゃんとあって、それに合わせて努力したの。『適当に』やってるだけじゃ、合格なんてできなかったよ。どこでもいい、受かるところに行けばいい、っていうのとは全然違う」

そうでしょ、ノリくん？　と念を押され、紀之は神妙な面持ちで頷いた。

「うん……どこでもいいっていうのはなかった。この学校に入りたい、っていうのがあったからこそ続けられたっていうのは正解。そういう意味で、もしもカンちゃんが受験するとしたら、まず学校探しから始めたほうがいいかもね」

塾だって、スパルタから緩《ゆる》ーいところまでいろいろある、と紀之は言う。そういえば、紀之の塾を決めたときも、あっちこっちから塾のチラシを持ってきて、紀之が行きたい学校にたくさん合格しているところを探した記憶があった。

「はじめに学校ありき、それに合わせて塾を選ぶっていうのがいいのかもね。とりあえず塾に入れちゃえ、学力だけつけて学校選びはそれから、っていうのはちょっと違うと思う」

「うわあ……さすがお母さん、四十二歳の正論！」

「すみません……」

そこで紀之はぺろりと舌を出して謝った。そして、もっともらしく寛太に言う。

「あのさ、本屋に行けば中学受験案内みたいな本があるよ。このあたりの私立なら全部載っているから、一回それを見てみたら？　なんならお父さんやお母さんと一緒に。で、いいなあ、と思う学校が見つかったら頑張ってみるのもいいんじゃないかな」

「あーあるある、確かうちにもあったわよ。古いのでよければあげるわ」

最新版は千遥が使うからあげられないけど、見当ぐらいはつけられる。何校かピックアップしてあとはネットで調べるなり、実際に見に行くなりしてみては？　という万智の言葉に、桂は目を輝かせた。

「ほんと!?　助かる！　そういうのって買えばけっこうするもんね。じゃあ、寛太、一緒にそれを見てみよう。でもって、イマイチだなーと思ったら中学受験はパス」

「うーん……見たらますます迷いそう……だって、そういうのっていいことしか書いてないでしょ。それにお母さん、中学から私立になんて行かなくても、って言ってなかったっけ？」

「ご心配なく。受験勉強を乗り越えてでも入りたいって思えるほど素敵な学校が見つかったら、お母さんだって応援するよ。突き進め、迷える子羊！　だよ」

「桂、迷える子羊は突き進まないって！」

「ありゃ？　そうだったっけ？」

すっとぼけた顔で言ったあと、桂は寛太の取り皿にマトンとラムを積み上げる。共食いじゃ、共食いじゃと言いながら、息子に肉をあてがう桂はなんだかすっきりした顔をしている。

きっと、「塾より先に学校選び」という紀之の言葉に、得るものがあったのだろう。

ラムとマトンを食べ尽くし、『パッタイ』の皿も空になった。

子どもたちは、デザートもそっちのけで、再びゲームの対戦中だ。

万智が昨日のうちに作っておいたプリンを食べながら、桂はしみじみ言う。

「ありがとうね、万智」

「え？」

「私、私立中学の受験なんてしなくていいと思ってた。特に寛太はのんびり屋だし……でも、そんな寛太にも合う学校が見つかるかもしれない。寛太が、いじめの心配をしてるなんて思いもしなかった。馴染めるかどうかは心配してたけど、それがいじめにストレートに繋がるなんて……」

「呆れた……普通は心配するでしょ。個性重視って言うわりに、日本って国は個性派を排除するのよ。みんなが右に行けば右、左に行けば左。目立たないのが一番、ってね」

「まさしく、羊の群れ……」

「どうしてそんなに羊にこだわるのよ」

「だって美味しいんだもん。迷える羊もそうじゃない羊も、羊はみんな美味しいし、かわいい」

「かわいいの？　食べ尽くしちゃったくせに？」

「だってもう既にお肉になってるし、タレにまで漬かってるんだから食べずにどうする。心と身体に栄養をくれるなんて、さらにかわいい」

「桂……」

最後の最後で笑いを取りに来る幼なじみに、万智は苦笑するしかなかった。

受験をするにしてもしないにしても、これからしばらく桂は心中穏やかでない日が続く。

だが、桂が帰国すれば、今よりも頻繁に会えるようになるし、今日みたいな楽しい時間も増える。似たような年代の子を持つ親同士、悩みの相談ができるのはとてもありがたい。夫でも両親でもなく、友人の目から見たアドバイスはきっと役に立つだろう。

それにしても面倒くさい……もういっそ、帰国話なんて流れてしまえばいいのに、なんてぶつくさ言っている親友を見ながら、万智は自分勝手な思いを巡らせていた。

チキン南蛮の夜

木曜日の朝、何気なくカレンダーを捲《めく》ろうとして、万智は今年もあと五ヵ月しか残っていないことに気付いた。

年を取るたびに時が過ぎるのが早くなる、とはよく言われることだが、万智も異論はない。

子どものころは一年が本当に長かった。一ヵ月、いや一日ですらなかなか終わらないような気がしたものだ。それなのに近頃はふと気がつくと季節が変わっている。

保行は、それは充実した日々を送れている証《あかし》だと言うけれど、万智は単にその時間が過去に占める割合の問題ではないかと思っている。同じ一年であっても、十歳の子どもにとっては人生の十分の一、四十歳の大人にとっては四十分の一になる。割合が少なければ少ないほど、早く過ぎたような気がするだけ、人生の充実度とは関係のない話なのではないか、と常々思っているのである。

とはいえ、万智の人生が充実していないかといえばそうではない。

学生時代こそ、なんとなく過ごしてしまった自覚はあるが、社会人になってからは人並み、あるいはそれ以上に頑張ってきた。どうしようもない壁にぶつかった時期もあったけれど、それもなんとか乗り越えて今がある。しかもそれは私生活上の壁で、仕事に関しては本当に一生懸命やってきたのだ。

家庭の事情で退職となったときに不本意どころか、十分やりきったという満足感を覚えたのはそのせいだ、と万智は思っている。もしも漫然とした日々を送ってきていたら、辞めるにあたって、あれもやってない、これもできていない、という焦燥に駆られたに違いない。

いずれにしても、今日は八月一日。万智にとって、一日というのは計画を立てるにはうってつけの日、さあ頑張るぞ、やる気が満ちてくる気がする。子どもたちは夏休みに入ったけれど、紀之は朝から学校の夏期講習、千遥は塾に行ってしまった。子どもたちがいると家の中がばたばたして考えづらいから、今のうちに料理教室の計画を立ててしまおう。

そんなわけで、家族が出払ったリビングルームで、万智はいつものレシピノートを取り出した。

――先月は『冷や汁』だったっけ。暑いから冷たいお料理が喜ばれるのはわかってるけど、そればっかりじゃ身体がもたない。なにか食べやすくてしっかりしたお料理がいいわ。とはいっても、郷土料理ってわりとお野菜や汁物が中心で『トンテキ』みたいにボリュームのあるものは少ないのよね……

ちゃんと栄養を取るべきなのはわかっていても、こってりした料理は見るだけでうんざりしてしまう。ついつい喉を通りやすいものばかりを食べた結果、夏バテしてしまう。

仮にも料理教室を営む身としては、参加者たちにそんな目に遭ってほしくなかった。

ボリュームがあって食べやすい料理を主眼にレシピノートを捲っていた万智は、とあるページで手を止めた。

「あ、これにしましょう！」

そこに書かれていたのは、宮崎県の郷土料理『チキン南蛮』だった。

衣をつけて揚げた鶏肉を甘酢に浸し、タルタルソースをたっぷりかけた料理で、近頃では全国の飲食店やコンビニで広く提供され、それを食べた人が家庭で作る機会も増えているらしい。

『チキン南蛮』ならボリュームはたっぷり、それでいて甘酢を使うからさっぱりして食べやすい。素材的にも手に入れやすい上に安価なものが多いから、家庭でも気軽に作ってもらえる——ということで、次回のメニューを『チキン南蛮』に決め、カレンダーを確かめた万智は、赤字で書かれた『出張』という文字を見つけた。

お盆休みの翌週、保行は大阪に出張する。仕事を持っている人たちからの、料理教室の夜間開催の要望は多いが、家族、特に保行に負担をかけたくない。そんな気持ちから、なかなか夜間開催を選べずにいる万智にとって、保行が不在の夜は、絶好のチャンスだった。

——一泊二日だから、保行さんのご飯の心配はいらないし、その日は千遥の塾もない。子どもたちはちょっと早めの夕食、ってことにしておけば大丈夫よね！

ということで、万智は八月十九日に臨時の料理教室を開くことに決め、告知を書き始めた。


「へえ……『チキン南蛮』ってタルタルソースがかかってるものだと思ってたけど、かかってないのもありなんですね」

レシピを読んだ陽次が、意外そうな声で言った。

彼は前回、上司の史子に連れられて初めて参加してくれたのだが、今回彼女は来ていない。

それでも友人まで誘って参加してくれたところを見ると、この教室を相当気に入ってくれたのだろう。

二十代男性というのは、一般的に料理教室に参加しないと思われがちだが、入学や就職で親元を離れ、料理ができるようになりたいと考える者は少なくないはずだ。

そんな若者が万智の教室にやってきて、少しずつ料理ができるようになっていく。その姿を見守るというのは、万智にとっても大きな喜びだ。こんなふうに友人に誘われれば、参加もしやすくなるというものだ。

始める前にちょっと話したところ、陽次は料理と同時に、お箸の持ち方の練習にも励んでいるらしい。周りの説得で練習すると決めたものの、大人になってからの矯正は大変だし、なにより面倒くさい。途中で挫折《ざせつ》してしまうのではないか、と心配していた万智は胸を撫で下ろした。

レシピを見ながら首を傾げる陽次を見て、彼の友人福山祐太朗《ふくやまゆうたろう》も大きく頷く。

「俺も『チキン南蛮』イコールタルタルソースだとばかり。だって、定食屋で出てくるやつもコンビニ弁当も、全部タルタルソースがかかってるし……」

「ほか弁もだよ。でも、このレシピにはタルタルソースをかけるやつとかけないやつ、おまけにオーロラソースまで書いてある。万智さん、どれが本当の『チキン南蛮』なんですか？」

「それはちょっと難しい質問ね」

万智は苦笑しつつ、説明を始めた。

「『チキン南蛮』が宮崎発祥のお料理だってことは知ってるわよね？　今、全国で広く食べられているのはタルタルソースをかけたもの。でも、最初はタルタルソースはかかっていなかったのよ」

『チキン南蛮』は昭和三十年代、宮崎県延岡《のべおか》市にある食堂が揚げた鶏肉を甘酢に浸したものを提供したのが始まりとされている。

もともとは客に出さない料理だったそうだが、まかないがいつの間にかメニューに入るというのはよくある話。いずれにしても、当時の『チキン南蛮』にはタルタルソースは使われていなかった。

ところが、昭和四十年代に入って、この『チキン南蛮』をもっと客に印象づけたいと考えた店主がタルタルソースをかけてみたところ、客が絶賛し、全国へと広がっていった。

どちらが発祥かというのは意見が分かれるところらしいが、どちらも本当の『チキン南蛮』であることに間違いはないのだ。

「ということで、どちらも本物。ただし、オーロラソースバージョンは、四国の一部でしか見られないアレンジ料理だから、亜流ってことになるわね。もちろん、四国の人に言わせればこれが本物ってことになるでしょうけど」

「あー……郷土料理あるあるね」

麻紀がにやりと笑って言った。

もともとは同じ料理だったはずなのに、伝わるうちに別の料理になっていく。地方によって手に入りにくい素材を別のものに置き換えたり、そもそもの味付けが好みじゃなくて変えてしまったり、と原因は様々だが、その土地の人にとってはそれが当たり前。慣れ親しんだ味を、これこそ本物、と主張するのはよくあることだった。

「同じ名前の料理なのに、中身が違う。育った場所が違うと、それが原因で喧嘩《けんか》になったりするから、困ったものよね」

なにかを思い出すような顔で言ったのは下沢弘子だ。ちなみに、本日の参加者は弘子、陽次、祐太朗に加えて香山麻紀、北浦卓治の五人である。

前回に続いて夜間開講ということで、参加者は当然、仕事帰りの人ばかりだと思っていた。ところが、蓋を開けてみると申込者の中に卓治や弘子の名前があった。

万智はつい、警備員のアルバイトをしているものの、比較的時間が自由になる卓治はともかく、主婦の弘子がこんな時間に家を空けて大丈夫なのか、と心配した。だが弘子は、夫は残業続きで帰宅は十時、十一時が当たり前、子どもにしてももう高校生だから食事の用意さえしておけば問題ない、と言う。

それどころか、たまには私だって夜の外出を楽しみたい、とまで……

確かに、家庭の主婦である弘子にとって、教室への参加は、滅多にない『堂々と夜遊びできる機会』なのかもしれない。

そういえば、いつもより少しうきうきしてるみたい……

少々ハイテンション気味の弘子を微笑ましく思いつつ、成り行きを見守っていると、弘子は、過去の出来事について語り始めた。

「そうそう。せっかく仲よく集まってご飯を食べてても、いきなり論争が始まったりするのよね。学生時代に友だちと遊びに行った帰り、あんまり楽しくて、このまま晩ご飯も一緒に食べよう、ってことになったの。でも、遊園地のあとだからお金はあんまりないし、ファストフードじゃ興ざめ。そしたら、ひとり暮らしの友だちが、うちでお鍋でもしようよ、って言い出してくれて……」

「『冬の日あるある』ですね」

「鍋なら野菜や肉を切って入れるだけだから簡単だし、お金もそんなにかかりませんからね」

陽次と祐太朗は大いに納得している。だが、弘子はそこからが問題だったと言う。

「四人ぐらいで和気藹々とお鍋を食べたの。で、残りご飯があるからこれで締めましょう、となったところで問題勃発《ぼっぱつ》」

そこで不思議そうに訊ねたのは陽次だ。

「麺か、餅《もち》か、ご飯か、っていうならわかりますけど、ご飯って決まってたんですよね？　雑炊で問題が起こりますか？」

基本的に、鍋の残り汁にご飯を入れるだけ、喧嘩になるとしたら卵を入れるか否か、ぐらいではないかと万智も思う。だが、弘子に言わせると問題は食材ではないらしい。

「卵は入れて、最後にお葱を散らす。味が薄ければ各自で調節、みんなもそれでいいって言ったわ。で、いざご飯を入れようとしたら『どうしてそんなにたくさん入れるの？』って……」

「あー……そういうことですか……」

祐太朗はあっさり納得したが、陽次はきょとんとしている。そんな陽次のために、祐太朗が説明を加えた。

「鍋の締めが雑炊かおじやかっていうのは大問題。さらさらの雑炊派にとってはもったりしたおじやは許せないし、逆も然り。で、ご飯の量はそれを決める大事な要素」

「なるほど……」

陽次は合点《がてん》がいったようだが、今度は麻紀が首を傾げた。

「雑炊とおじやの違いって、醤油味か塩味かじゃないの？　ご飯を汁で煮込んだら全部雑炊だって言う人もいるし……」

そこで新たな意見が加わり、『雑炊、おじや』論争は収拾がつかなくなってしまった。

結局、さらさら雑炊派ともったりおじや派に分かれた弘子の友人たちは、じゃんけんで入れるご飯の量を決定、その日は雑炊を作って食べたそうだ。

いずれにしても、同じ名前や作り方であっても、人によってイメージする料理が違うということで間違いなさそうだった。

「外食なら出てきた料理を食べるだけだけど、自炊となるとやっぱりいろいろあるのね。私も、友だちとお鍋をするときは『締め』の派閥を確かめてからにするわ」

麻紀は、醬油味のもったりおじやは譲れない、と力説する。友だち同士の鍋の締め問題でそこまで力を入れなくても、とみんなが苦笑し、その話題は終わりそうに思えた。

ところがそこで、今まで黙って話を聞いていた卓治が口を開いた。

「友だち同士なら、派閥を確かめれば済むかもしれないが、夫婦の場合はそうはいかないんだよなあ……」

「卓治さん、お料理のことで奥様と喧嘩でも？」

「まあね。うちは、たぬきうどんだった」

弘子に頷き返したあと、卓治は周りを見回して訊ねた。

「たぬきうどんってどんなものだと思う？」

「うどんの上に天かすがのってるやつじゃないの？」

最初に応えたのは麻紀だった。ところが、弘子は首を傾げる。

「でも……それって関東だけじゃない？　前に京都でたぬきうどんを頼んだら、全然違うものが出てきたわよ」

「違うって？」

「天かすじゃなくて、油揚げがのってたの」

「油揚げ？　それってきつねうどんじゃないの？」

「きつねうどんは四角いままの油揚げでしょ？　たぬきうどんは刻んだ油揚げだったわ。しかもあんかけ」

「そうなんだ……初めて聞いた」

麻紀と弘子の会話に、卓治はさもありなんといわんばかりだった。

「だろ？　同じ呼び名でも場所によって中身が違う。結婚したばかりのころ、うちはそれで夫婦喧嘩になったんだ」

結婚して間もないころ、卓治は妻から昼ご飯になにを食べたいか問われ、少し考えたあと『たぬきうどん』と答えた。

冬の最中の日曜日、外では冷たい風が吹き、今にも雨が落ちてきそうな天気だった。

　卓治は天ぷらが好物で、昨日の夕食には妻が張り切って揚げてくれた。天かすも大事に残していたから、たぬきうどんならすぐにできると卓治は考えたそうだ。

　ところが、彼の妻はなんだかものすごく不服そうな顔で、財布を摑《つか》んで出かけていったらしい。

　茹でうどんの麵が冷蔵庫に入っているのは知っていたし、天かすもある。足りないものはないはずなのに、と思って待っていると、卓治の妻は油揚げを買って帰ってきたという。

「家にあるものでできる料理にしてほしかった、って怒るんだ。この寒いのに買い物に行かなきゃならない身にもなってくれ、って。俺はたぬきうどんに油揚げが要《い》るなんて思いもしなかったよ」

「奥さん、京都の方だったんですか？」

「実はそうなんだ」

　帰宅した妻は不満そのものの顔で出汁を取り、油揚げや葱を刻み、麵を温めた。出されたうどんはきっと旨いものだったのだろうけれど、卓治が求めていたものではない上に、妻の仏頂面と重なって、味などわからなかったそうだ。

「これは我が家の『たぬきうどん事件』と銘打たれ、その後延々と俺の言葉の足りなさの象徴として引っ張り出されることになった」

卓治はひどく情けなさそうな顔で語った。まったく納得のいかない顔で訊ねたのは陽次だ。

「どうして、自分が知ってるたぬきうどんは油揚げなんて使わない、家にあるものでできると思ってた、って言わなかったんですか？　奥さんが買い物に行く前にそう言えば、喧嘩にもならなかったでしょうに」

「俺だって言いたかったさ。でも、出かけようとした女房の顔があまりにも恐ろしくて……」

そこでぶほっと陽次が噴き出した。彼ばかりか、祐太朗までも……。そして祐太朗はさもありなんと頷いた。

「わかります。怒ってる女って、目茶苦茶恐いですよね。特に、自分はこれっぽっちも悪くないって思ってるときは最悪。もうね『触らぬ神に祟《たた》りなし』って気分になって、ひたすら機嫌が直るのを待つしかない、って感じ」

「そのとおり。で、ふくれっ面を見てるうちに、なんで俺がこんな思いをしなきゃならないんだ、って腹まで立ってきて……」

卓治は、当時を思い出したのか、苦虫を嚙みつぶしたような顔になっている。

ところが、卓治の不機嫌をものともせず、陽次は脳天気な質問をした。

「それは大変でしたね。で、そのあと、どうやって仲直りしたんですか？」

「あ、それ、俺も訊きたいです。怒ってる女の宥《なだ》め方」

食いついてきたのは、またしても祐太朗だった。さっきといい、今度といい、彼はなぜこんなに『怒っている女』にこだわるのだろう。もしかして、年がら年中女性を怒らせているのだろうか……と祐太朗を見ていると、万智の視線に気付いたらしき陽次が笑いながら説明してくれた。

「こいつ、結婚を決めた彼女がいるんですよ。もちろん、まだ就職したばっかりだから実際に結婚するのは二、三年先になるでしょうけど。将来に備えて、夫婦喧嘩の収め方が知りたいんだと思います」

「実はそうなんです。なんか俺、地雷を踏む達人らしくて、せめて後処理だけでも覚えようかなと……」

「本末転倒でしょ。地雷を踏まない努力が先じゃないの？」

万智の諭すような言葉に、祐太朗は頭を掻きながら答えた。

「俺なりに頑張ってはいるつもりなんですけど、どうもうまくいきません」

もともと迂闊な性格なのかもしれない、と祐太朗は悪びれもせずに言う。万智にしてみれば、そういうところがよくないのでは？　だった。彼女のほうも、喧嘩を前提に後始末ばかりうまくなられても癇《かん》に障《さわ》るだろう。後始末なんて『ご機嫌取り』に過ぎないと考えかねない。

ところが、卓治はそうは考えなかったらしく、感心したように言った。

「いい心がけだ。喧嘩はどうしたって起こる。きっかけなんてそこら中に転がってるし、万全な対策なんて立てられるわけがない。だったら、仲直りの方法を学んだほうが近道だ」

「でしょ、でしょ？ だから教えてくださいよ」

そこでふたりは意気投合、陽次も興味深げに卓治の話を待っているが、万智を含めた女三人は呆れ顔だった。

「男ってこれだから……」

首を左右に振りつつ弘子が嘆く。麻紀は麻紀で、男と女はここまで考え方が違うのかしら、なんて首を傾げた。もちろん万智も、そんな小細工は女のいないところ、ついでに今は勘弁してくれ、だった。そこで万智はパンと手を叩いて注意を促す。

「はいはい。そういう話はあと。試食のときにでもやってください！」

「おっと、そうだった。今はチキン南蛮だ。万智さん、すみませんでした！」

即座に陽次が謝り、必要な調味料を量り始めた。軌道修正の早さが素晴らしい。謝り方も素直で清々《すがすが》しい。結婚生活なら陽次が一番うまくやれそうだな、と思う万智だった。

「万智さん、これって胸肉ですよね？」

用意されている鶏肉を見て、陽次が訊ねた。

「そうよ。『チキン南蛮』はもともと胸肉を使うものなの。でも、食べてみてボリュームが足りないようなら、腿《もも》肉を使ってもいいわよ。値段だってかなり近づいてきたし。前は胸肉のほうがうんと安かったのに……」

かつて鶏胸肉は安価な食材の代表格だった。十年ぐらい前までは、腿肉の半分ぐらいの値段で買えたと記憶している。

鶏胸肉はぱさぱさで美味しくないと言われていたが、料理法次第でなんとでもなる。おまけに安くて冷凍保存も可能だったため、万智は散々お世話になってきた。

ところが近年、鶏胸肉はローカロリーで栄養たっぷり、ダイエットにも筋肉増強にも効果的ということで脚光を浴び、需要が高まるとともに価格も急上昇。胸肉なのに？　と目を疑う値段になってしまった。

本当は腿肉が好きだけど、価格面で胸肉を使っていた人もいるだろう。もしかしたら『チキン南蛮』だって、安い食材を美味しく食べるための工夫だったのかもしれない。それなら、腿肉が好きな人は腿肉を使ったっていい。アレンジが自由自在にできるのが料理のいいところなのだから、と万智は考えていた。

「ここで作ったお料理に自分なりのアレンジをするのは自由、というよりも奨励します。そもそも衣に卵と小麦粉だけじゃなくてマヨネーズを加えたのもアレンジのひとつ。本来はどういうお料理なのかをちゃんと知った上で工夫するのは、料理の醍醐味《だいごみ》よ」

「了解でーす。本来は胸肉、でもがっつり食いたいときは腿肉、ってことにしまーす」

陽次はそう言うと、衣をつけた胸肉を揚げ油に泳がせる。向かいにいた卓治を見て、はっとしたように、長い菜箸を持ち直す姿が微笑ましい。こうやって都度持ち方に気をつけていれば、いつかなにも考えなくても正しい持ち方ができるようになるだろう。

しばらくして、火が通ったのを確認し、参加者たちは鶏肉を油から引き上げた。キッチンペーパーの上で軽く油を切り、あらかじめ用意してあったタレに漬ける。タレは醤油と酢、砂糖を混ぜ合わせて作る。今回は鷹の爪を加えてピリ辛に仕上げたが、なければ一味で代用してもいいし、辛いのが苦手なら使わなくてもいい。現に、祐太朗は辛さが苦手らしく、鷹の爪もほんの少ししか入れていなかった。

無事鶏肉が揚げ上がり、タルタルソースがたっぷりのった『チキン南蛮』が完成した。

今回の付け合わせはちぎったレタスとプチトマト。千切りキャベツでもいいのだが、万智自身、余ったタルタルソースをレタスに包んで食べるのが好きで、この美味しさを参加者にも伝えたいと思ったからだ。

タルタルソースを作ったのは麻紀だ。玉葱に泣かされながらも、細かい微塵《みじん》切りにした彼女はレリッシュの瓶《びん》を見てほっとしたように笑った。

「よかった。丸ごとのピクルスじゃなくて……もう微塵切りはうんざりよ」

うんざりと言うほどの量ではなかったはずだし、ピクルスなら目にも染みない。にもかかわらずここまで嘆くところを見ると、彼女は細かい作業が相当苦手なのだろう。

それでも彼女が作ったタルタルソースは、隠し味の砂糖の具合もばっちり、かなりのものだった。ちなみに、砂糖の分量は『少々』としか書かれていない。『少々』とか『適量』というのは初心者泣かせの表現だ。それでもちゃんと美味しく仕上げられたのは、麻紀の料理の腕が着実に上がっている証拠だった。

『チキン南蛮』の完成で本日の調理は終了。試食タイムが始まった。

今日の献立は『チキン南蛮』と野菜がたっぷり入った味噌汁、副菜には『冷《ひ》や奴《やっこ》』と山形県の郷土料理である『だし』を添えた。

『だし』は胡瓜やナス、茗荷、生姜《しょうが》、大葉といった野菜を細かく刻み、醬油とみりんで味をつけたものだ。そういえば、こちらも作業としては微塵切りばかり……全部自分でやったわけではないにしても、麻紀が『うんざり』と言うのもわかる気がした。

いずれにしても、微塵切りの集大成である『だし』は、温かいご飯にのせて食べると箸が止まらなくなる一品だが、あえて分類するなら『ふりかけ』、あるいは『漬け物』だろうか。失礼ながらそれだけで紹介するには少々弱い、ということで『チキン南蛮』と一緒に作ることにしたのだ。

『冷や奴』は国産大豆百パーセント、大豆の甘みがしっかり感じられる豆腐の上に、種を抜いた大粒の梅干しをのせてある。醬油でもポン酢でも、梅ダレですらなく、梅干しそのものと豆腐を一緒に食べるのは珍しいかもしれない。だが、減塩タイプの梅干しの軟らかい味わいは、豆腐の甘みをさらに引き立てて、秀逸な箸休めなのだ。

『梅のせ冷や奴』はあらかじめ用意して冷蔵庫に入れておいたし、オーロラソースも万智が作った。

参加者たちが作ったのはタルタルソースバージョンの『チキン南蛮』と『だし』、野菜の具だくさん味噌汁の三品で、料理教室としては少々品数が少ないかもしれない。だが、それは、あれもこれも、と全部参加者に任せた挙げ句、メイン料理の作り方についての記憶が薄れるのは困るという理由によるものだ。

メインの料理の作り方をしっかり学び、アレンジバージョンや副菜は味見に止める。それは、限られた時間の中、できるだけ多くの工程を体験することで、次はひとりでその料理を作れるようになってほしい。加えて、試食の時間をたっぷり取ることで、食べることを楽しんでほしい、という願いを込めている。

それはなにも万智に限ったことではなく、多くの料理教室で実践されていることだろう。

だが、万智の場合、そのやり方がほかとは少々違う。

万智が料理教室を開くにあたって調べたところによると、自宅で教室を開く講師の大半は、色とりどりの小物や花、たくさんの料理でテーブルを華やかにし、ちょっとしたパーティ気分にさせることで、参加者を惹《ひ》きつけるパターンが多かった。

それまでつけていたエプロンを外して席に着いたとたん、まるで一流ホテルのレストランにいるような気分になれる。そのために、凝りに凝った演出が施されているのだ。

そういった講師の大半は、料理への造詣《ぞうけい》も深く、教室を開くことを生業《なりわい》にしている。講師としての意気込みや指導力は言うに及ばず、きちんと料金を取っているから、運営にかけられる予算も万智とは全然違う。

あるのは世界各国を旅した経験だけ。「君は料理が得意だし、時間もあるのだから」と夫に勧められて、料理教室を開いた万智と同列に語れるわけがない。もともと趣味の延長だから採算なんて度外視、来てくれる人がいるだけありがたい、というのが万智の考え方だ。

参加費は高校生の中村睦美でも払える程度の金額で、ほとんど材料費のみに等しい。それまでの虎の子は、改装のために吐き出してしまったから、ゴージャスな演出など目指したくても目指せないのだ。

そんな万智が『売り』にできるのは、楽しかったからまた参加したい、と思ってもらえるような気軽な雰囲気だけだ。

だからこそ万智はあえて、料理が苦手な人でもこれならなんとか……と思えるような料理、しかも由来の説明ができる郷土料理を扱ってきた。

用意した食材がレシピに書かれている量より少し多い、というのはよくあることだが、そんなとき万智は、レシピどおりではなく全量を使ってしまう。参加者たちは、「出たー！ 万智さんの『全部入れちゃいましょう！』」なんて大喜びだが、それも場を和ませる手段のひとつなのだ。

その料理の歴史や由来を聞き、和気藹々と調理し、食べる楽しさを知る——その一連の流れが、次回への参加意欲を高めると万智は思っている。試食の時間を長く取れば、参加者同士の親交が深まり、初めて参加した人でもすんなり馴染んでいける。

陽次や『どんどろけ飯』の回が初参加だった満寿夫が、二回目にはすっかり教室に馴染み、常連組と年来の友のような会話を交わしているのも、長い試食タイムがあってこそだと万智は信じていた。

料理教室と銘打っているが、重きを置いているのは郷土料理そのものを知り、味わってもらうこと、それに伴う会話まで楽しんでもらうこと。それが万智のコンセプトだった。

今日のように、鶏肉を一枚丸ごと揚げ、甘酢ダレやタルタルソースまで作らなければならない料理の場合、あとは『だし』と、具だくさんの味噌汁を作るぐらいで十分だった。

弘子が、隣に座った麻紀に話しかけている。

「『チキン南蛮』ってけっこう食べ慣れた料理だと思ってたけど、自分で作ったのは初めて。タルタルソースも手作りだと卵をたっぷり入れられて贅沢よね」

麻紀は『チキン南蛮』の一切れをつまみ上げて感心している。

「贅沢っていうか、これ、持ち上げても全然ソースがこぼれないのね。このままパンに挟んだら卵サンドが作れそう」

茹で卵を控えて、レモンや酢を多めに使うことでさらさらに仕上げるタルタルソースもあるが、今回作ったのはもったりしたタイプだ。

ただでさえ『チキン南蛮』は甘酢ダレに熱を奪われがちな料理だ。タルタルソースの水分が多いと、それに拍車がかかり、かりっとした食感が失われる。

万智の本音は、タルタルソースは脇に盛り付け、一切れ食べるごとに添えてほしい。実際にそうやって提供している店もあるし、発祥といわれる店のひとつは、純然たる南蛮漬け、つまり甘酢ダレにくぐらせただけで提供しているぐらいだ。

とはいえ、一般的には『チキン南蛮』といえば、肉が見えないほどかけたタルタルソース、というイメージがある。コンビニや持ち帰り弁当店の『チキン南蛮』もそのタイプだし、あえてイメージを壊すのはちょっと……と、いうことで卵フィリングもかくや、と思うほどもったりタイプに仕上げることにした。麻紀が言うとおり、これぐらい硬めに仕上げてあれば、食べる際にソースもこぼれ落ちにくくなって一石二鳥だった。

「揚げた鶏と甘酢ダレまでは思い付くけど、それにタルタルソースをのせてみた人は偉いと思う」

もぐもぐと肉を噛みながら話す祐太朗を、陽次が軽く咎《とが》める。

「食いながら話すなよ。行儀悪いぞ。それに、俺はどっちかって言うと、鶏の唐揚げを甘酢ダレに突っ込んだ人のほうが偉いと思うな」

どうやら彼は、箸の持ち方をきっかけに、テーブルマナー全般を改める気になったらしい。だが、言われた本人は完全に聞き流し、南蛮漬けの定義に言及する。

「いやいや、南蛮漬けは昔からある料理、揚げた魚を甘酢ダレに漬けたものだろ？『チキン南蛮』は魚を肉に変えただけ。そこまで驚くようなアレンジじゃない。やっぱりタルタルソースってのが……」

「鶏肉とタルタルソースって組み合わせこそ、珍しくもないよ。チキンカツってものがあるじゃないか。あれこそ、揚げた鶏とタルタルソースのベストマッチングだよ」

「む……確かに」

若いふたりはそんな会話を交わしつつも、どんどん『チキン南蛮』を平らげていく。

肉も味噌汁もご飯もきれいに片付いたところで、ふたりは揃って炊飯器のほうを見た。

お互いの視線に気付いたのか、意を決したように陽次が万智に訊ねた。

「えーっと……ご飯っておかわりあります？」

「もちろん」

本日の開始時刻は午後七時、参加慣れしている弘子や卓治なら遅めの昼食を取って、八時過ぎの試食タイムに腹具合を合わせてくる。だが、陽次と祐太朗は仕事をしていたはずだし、なにより若い。多少、昼ご飯が遅かったにしても、試食のころにはお腹はぺこぺこになっているかもしれない。

そこまで予測した万智は、いつもよりご飯をたくさん炊いた。『チキン南蛮』も『だし』も、やたらとご飯が進む料理だし、若いふたりが物足りない顔で帰っていくのは忍びなかったからだ。

「ご飯はたっぷり炊いてあるから、遠慮なく召し上がれ」

「助かったー！　実は俺、昼飯を食い損ねてたんです。いつもなら、昼飯時を外したとしても、コンビニでなにか買って食ったりできるんですが、今日はそんな時間もなくて……」

「それは大変だったわね。じゃあ、なおさらしっかり食べて。あ、『だし』もまだ残ってるわよ」

「食っていいんですか？　やったー！　これ、目茶苦茶ご飯に合いますよね」

陽次は満面の笑みで立ち上がり、キッチンの片隅に置いてある炊飯器に向かう。すぐに祐太朗が続き、ふたりは茶碗に山盛りご飯をよそった。それを見て、腰を浮かせたのは卓治だ。

「飯、まだあるかな……？」

「ありますよー」

「じゃあ、俺ももう一口だけいただこうかな……」

卓治は、そう言うと自分の茶碗を持って立ち上がった。そのとたん、隣に座っていた弘子が、卓治のTシャツの裾《すそ》を引っ張って止めた。

「やめときなさいって。また奥さんに叱《しか》られちゃうわよ」

弘子の制止に、卓治は天井を仰いだ。

卓治はここ数年で急激に体重が増えた。三年ほどの付き合いである万智ですら、身体が一回り大きくなったように感じる。警察に勤めていたときはそれなりに身体を使っていたのだろうが、退職に伴って運動量が激減、仕事によるストレスもなくなった。アルバイトをしているものの、加齢という要素もあって、体重は増える一方になってしまったのだろう。

卓治の妻が、退職後みるみるうちに太ってしまった夫を心配し、節制を促すのは当たり前だった。

「そう言わないでくれ。ほんの一口だけじゃないか」

「一口だって毎日続ければ大問題。奥さんの気持ちも考えてあげてよ。退職してから、健康診断だってろくに受けてないんじゃないの？」

「そんなものを受けたら、検査結果を見てまた女房がぎゃあぎゃあ騒ぐに決まってる。だいたいあいつは昔から細かいことを気にしすぎなんだ」

「気にしてもらえるうちが花だと思うけど？」

素知らぬ顔で言い放ったのは麻紀だ。痛烈な一言に、卓治はぐうの音も出ない様子だった。

　弘子はここぞとばかりに言い募る。

「卓治さん、この間、結婚してからもうすぐ四十年になるって言ってたでしょ？　警察官なんて心配の多い仕事を無事に勤め上げられたのは、卓治さんの頑張りはもちろん、奥さんの支えがあってこそだと思うわよ」

「そうそう。男の人は忙しさに紛れて、ついつい自分のことは後回しにしちゃう。ちょっとおかしいな、と思っても、まあいいか……なんてね。その結果、大きな病気になってしまったり、心がぐちゃぐちゃになって変な事件を起こしたり……」

　このところ、警察関係の不祥事が目に付く。そんな羽目に陥らずに済んだのは、身体も心も健康でいられるように、細かいことを気にかけ続けてくれた奥さんのおかげだ、と女性ふたりは卓治の妻を褒めあげた。さらに麻紀は、万智にも同意を求めてくる。

「ね、万智さんもそう思うでしょ？」

「そうね……そういう側面は否めないわねえ」

「うわあ……多勢に無勢だ。おい、君たち、なんとか言ってくれ。細かいことばっかり気にしてたら大成しないだろ？」

　卓治は、陽次と祐太朗に助けを求めた。若いとはいえ同じ男、きっと味方してくれると思ったのだろう。ところが、卓治の期待も虚《むな》しく、陽次はあっさり女性軍に付いた。

「大成する人って、案外細かいことをちゃんと気にしてると思いますよ。自分で気をつける人もいるし、それができないときは、気にかけてくれる人を味方につけてる」

陽次の意見に、祐太朗も即座に頷いた。

「賛成。そして、その味方の筆頭が奥さんとか彼女。俺も、ずいぶん助けてもらってます」

祐太朗は、もともと忘れっぽい性格らしい。その自覚もあって、普段から大事なことや予定はスマホのメモやスケジュール表に入れるようにしているのだが、それでも忘れてしまう。彼女に『そういえば、明日は○○ね』なんて言われて思い出すことが多々あるそうだ。

「メモしてあっても見なければ意味がない。スケジュール連動でアラームが鳴るように設定してあっても、サイレントモードにしたまま忘れていたら役に立たない……俺、けっこうこのパターンが多いんです。で、結局、一番確実なのは彼女との連携」

「それはそれで、どうなんだ」

悔《くや》し紛れに卓治は言う。社会人としてなっていない、と言いたいのだろう。けれど、万智に言わせれば、自分の欠点をちゃんと把握し、対策を立てているのだから十分あり。彼女が不服を唱えない限り、他人が口出しすべきことではなかった。

「細かいことに気をつけてくれる人が身近にいるって、すごくラッキーですよ。それでこそ大きな課題に取り組めるし、大成もできる。いくら大成功したって、自分ひとりで偉くなったような顔をするのはまずいですよ」

「うわー祐太朗君、お見事！」

そこで女性三人と陽次は拍手喝采《はくしゅかっさい》、卓治はがっくりと肩を落とした。さらに追い打ちをかけるように弘子が訊ねる。

「卓治さん、昔からずっとそんな感じだったんですか？　だとしたら、さぞや奥さんは大変だったでしょうね」

相手のことを考えていろいろ言っているのに聞き入れもせず、細かいことばかり言うと非難され、挙げ句の果てにそれだから大成しないんだ、とか言われた日には、とてもじゃないが夫婦としてやっていけない、と弘子はため息を漏らした。

「いや……でも、祐太朗君の彼女じゃないが、うちの女房だって文句は言ったことがないし」

「黙って堪えて、一気に爆発するとか？　熟年離婚ってそういうのが多いみたいだし、財産分与とか思いっきり請求されて、寂しい老後に……」

弘子は半ば面白がっているのか、どんどん卓治を追い詰めていく。さすがに気の毒だ、と思ったのか、陽次がのんびりした口調で言った。

「それは、大丈夫だと思いますよ。一気に爆発って、普通は退職とか、子どもの自立とかのタイミングでしょう？　たぶん、卓治さんはもうどっちも過ぎちゃってますよね？」

卓治が退職したのは四年前、二人いると聞いている子どもたちも既に結婚して独立済み、孫もいるそうだ。熟年離婚を狙うタイミングはとっくに過ぎているはずだ、という陽次の分析に、万智も同感だった。

「だ、だよな。大丈夫だよな？」

「あ、でもこれ一般論ですから。物事には例外ってものがありますし、もしかしたら奥さんは今頃、通帳を眺めて、これぐらいあれば老後は大丈夫、もう別れちゃおうかしら、なんて思ってたりして……」

「うわあ!!」

「うわあ、って……。おい祐太朗、これじゃあ仲直りの方法は訊けそうにないぞ」

「うん、俺もそう思う。卓治さんご夫婦が、無事に結婚四十周年を迎えられたとしたら、それは卓治さんじゃなくて、奥さんの努力、忍耐の賜《たまもの》としか思えない」

若者ふたりはしたり顔で言い切る。さすがに気の毒になって、万智は口を開いた。

「片方だけの努力で四十年も続かないわよ。万が一、奥さんだけの努力だったとしても、奥さんにそうさせるだけのものが卓治さんにあったんじゃない？」

「さすが万智さん、わかってくれてる！」

俺の味方は万智さんだけだー、と卓治は、出てもいない涙を袖《そで》で拭《ぬぐ》う振りをした。

これには弘子、麻紀も苦笑いだった。

「ごめんなさい。さすがに弄りすぎたわ。こうやって弄り倒しても、なんとなく許してくれそうなのが、卓治さんの最大の魅力よね」

「弘子さん、それは謝ってるうちに入らないぞ」

「あはは……またやっちゃった。本当にごめんなさい。でも、卓治さん。卓治さんは、これまでうまくやってこられた秘訣ってなんだと思ってるの？」

「そうね。仲直りの秘訣はないにしても、夫婦円満の秘訣はあるんじゃない？」

是非聞かせて、と麻紀も興味津々、若者ふたりも卓治の答えを待っていた。

ところが、当の卓治は天井に目をやって考え込んでいる。もしかしたら、本当に円満の秘訣がわかっていない、もしくは奥さんの忍耐に尽きるのだろうか、と疑い出したとき、ようやく彼は話し始めた。

「蒸し返さない……かなあ……」

「蒸し返さない？」

陽次が不思議そうに問い返す。だが、ほかの参加者たちは、なるほどなあ……と一様に頷いた。祐太朗が念を押すように言う。

「要するに、済んだことは忘れるってことですよね？」

「そうだ。夫婦だから喧嘩はする。俺は積極的に仲直りをしようと頑張ったことはないけど、時間が経てばいつの間にかもとに戻ってるってことがあるだろ？」

「わかる、わかる。うちなんかもけっこうそのパターンが多いもの」

弘子の同意に力を得たのか、卓治はほっとしたように続けた。

「そんなとき、その喧嘩については二度と触れない。女房は喧嘩ついでに、そういえばあのときも……って蒸し返すことが多いが、俺はやらない。両方がそれをやったら、喧嘩は広がる一方で収拾がつかなくなる、ってことで、とにかく済んだ話は御法度。俺が秘訣って言えるのはそれぐらいだな」

小さなことかもしれないが、俺だってそれぐらいは我慢してるんだ、と卓治はちょっと照れくさそうに言った。

「男だなあ、卓治さん。済んだことは済んだこと、そうしたほうがいいってわかってても、なかなかできることじゃないです。俺も見習わなきゃ」

先ほどまでの呆れた顔はどこへやら、祐太朗はいきなり卓治を褒め始めた。さらに弘子も後ろめたそうに言う。

「そうね……お互いが別なのを持ち出したら喧嘩は広がる一方、ってすごく正しいと思う。法律にだって時効ってものがあるんだから、昔の喧嘩なんて忘れちゃうのが一番なのよね」

「わかってはいるんだけど、喧嘩の最中ってそこまで冷静になれないと思わない？　相手の顔を見てるうちに、前にされたひどいこととか、罵詈雑言《ばりぞうごん》とかがどんどん浮かんできちゃう。で、さらに大喧嘩……」

これまでの恋人たちとは、たいていそんな成り行きで別れてしまった。これでは結婚もできないわけだ、と麻紀は自嘲《じちょう》した。弘子は、そんな麻紀を慰める。

「麻紀さんだけじゃない、私も同じ。きっと女性の特性なんでしょうね……。よく言うじゃない。女性のほうが記憶力が優れてるって研究結果も出てるらしいわよ。そのあたりを自覚して、気をつけないと」

いい助言をありがとう、とみんなが礼を言い、和やかな雰囲気の中、試食は終了。速やかに片付けを終え、参加者たちは帰っていった。

ひとりきりになったキッチンで、窓の錠を確かめたり、生ゴミをまとめたりしたあと、万智はさっきまで試食に使っていたテーブルの椅子に腰を下ろした。身体はもちろんのこと、それ以上に気持ちが疲れている。

夫婦円満の秘訣は『昔の喧嘩』を持ち出さないこと、なんて話を聞いたせいで、うまくいかなかったかつての結婚生活を思い出してしまったのだ。

『いったい何度同じことを繰り返したら気が済むの!?』

きつい眼差しでそんな台詞をぶつける自分の姿が蘇る。相手は、保行ではなくかつての夫、誠《まこと》だ。

万智が誠と結婚したのは、二十八歳のときのことだ。誠との結婚を決めたとき、万智は言うなれば破れかぶれ、とにかく結婚さえできれば相手は誰でもかまわない、という心境だった。

万智は二十七歳の夏、いずれは結婚するだろうと思っていた恋人と別れた。しかも、相手の父親の反対に遭ってのことだった。

父親の反対理由について、恋人は多くを語らなかった。だが、万智には薄々わかっていた。おそらく原因は万智の仕事、いや生活スタイルそのものにあったのだろう。

そのころ万智は就職五年目に入ったところで、仕事にも慣れ、ツアーコンダクターとして旅から旅への生活を送っていた。国内でも二泊、三泊は当たり前、海外に出れば一週間や十日は不在となる。

休みの日に会うだけの遊び相手ならともかく、そんな相手との結婚生活がうまくいくはずがない。家庭生活はもちろんのこと、子どもができたとしても、そんなに不在続きではまともな育児ができるわけがない、と彼の父親は考えたに違いない。

さらに、恋人の母親は夫が右を向けと言えば百年でも右を向いているような性格、万智のような相手が誰であろうと言いたいことは言いまくる女をよく思わなかった可能性は高い。

一方、それまで賛成してくれていた万智の両親も、相手の親の様子を知って、反対に回った。そんな両親では後々大変だと考えたのだろう。結局、両家の親に反対されるに至り、万智はその結婚をあきらめた。

結婚するのは自分たちであって、親は関係ない。それはわかっていたし、恋人自身もそう言った。けれど、親兄弟をまったく無視して暮らしていくことは難しい。ましてやその相手がひとりっ子ときては、将来にわたっての影響は免《まぬが》れない、と考えたからだ。

高校時代から付き合ってきた相手だけに、万智のダメージは大きかった。彼じゃないなら誰でも同じ、とにかくあいつより先に結婚してやる！　と決意、長年の恋人とは正反対の男を選んだ。思慮深く堅実な恋人の真逆、いわゆる『チャラ男』である。

もとの恋人より先に結婚してやる、という考えも下らなければ、とにかく落ち込みがちな自分を笑わせてくれたから、という理由も危険きわまりなかった。しかも相手は、友だちに紹介され、その後数回会っただけの男だった。

今にして思えば、頭がどうかしていたとしか思えない。万智の結婚相手を知った友人たちは、考え直せと口を揃えた。なにせ誠は、中堅事務機メーカー勤務で職こそ安定していたとはいえ、終業時刻が来ればすぐさま退社、週に一度はその足で合コンに直行という状態だった。女性の扱いがうまく、一緒にいると楽しいが、それも誠のその女性に対する興味が尽きるまで……

万智にその男を紹介した本人すら、あいつは女癖《おんなぐせ》が悪い、結婚する相手ではないと反対した。

それでも万智は意志を曲げようとしなかった。みんなして早々と結婚する自分をやっかんでいるに違いない、女癖の悪さも独身故の気軽さ、結婚したら収まるはず、と思い込んだのである。

万智の両親も、もうなにも言おうとはしなかった。もともとは、娘の結婚は娘の自由という考え方で、前の結婚話にしても、相手の親が反対していると聞かなければ口を挟むこともなかったはずだ。きっと、この状態の娘になにを言っても聞かないとわかっていたのだろう。加えて多少は『相手はいくらでもいる』という、かつての恋人の親への意趣返しもあったのかもしれない。

そして万智は、怒濤の勢いで準備を進め、二十八歳の秋に華燭《かしょく》の典《てん》を挙げた。

だが、そんな結婚がうまくいくはずがない。我に返ったのは、結婚してわずか半年後、誠が浮気をしていると知ったときだった。

友だちの警告を押し切って結婚しただけに、泣き言も言えず、なんとか夫婦を続けていた。

そうこうしているうちに妊娠発覚、父親になればさすがに落ち着くに違いないと信じて出産に臨んだけれど、子どもが生まれても誠の浮気癖は直らなかった。

仕事と家事に育児が加わり、万智は限界状態、夫婦仲はさらに悪化した。顔を合わせれば喧嘩、さもなければ気まずい沈黙が続き、憩いの場とはほど遠い家庭だった。浮気が発覚してその相手と別れても、数ヵ月もすればすぐにまた違う相手との浮気が始まった。服に移った化粧の匂いや、髪から漂う家で使っているものとは違うシャンプーの香りを感じるたびに、『またか』と気持ちが落ち込んだ。同時に、浮気をするならわからないようにやって！　と虚しい思いが渦巻いた。

誠との結婚生活は六年ほど続いたが、うまくいっていたのは結婚してから半年ぐらい、それ以降は顔を合わせれば喧嘩ばかりだった。

最初は、浮気がバレるたびに平謝りしていた誠も、二年を過ぎるころからは、俺はもともとこういう人間だった、それを承知で結婚したんだろう、と開き直り始めた。

さっさと見切りをつければよかったのに、離婚だけは避けたいという気持ちが大きくてできなかった。なにせ、前の恋人と別れたやけくそで結婚したのだ。ものの数年で別れては、それ見たことかと笑われかねない。

意地とプライドにかけて、離婚だけはできない。この際、仮面夫婦でもなんでもいい、とにかく結婚という形を崩すまい……と万智は自分に言い聞かせた。

けれど、紀之が生まれて五年が過ぎたころ、そんなことは言っていられなくなった。なぜなら、誠が帰宅するたびに、紀之が不安そうに万智の片足にしがみつくようになったからだ。

紀之は小学校に上がってもいないのに、両親がうまくいっていないことがわかっていた。

仕事を終えて保育園に駆けつける。紀之を連れ帰り、食事、入浴などを済ませて布団に入れるのは早くて午後九時、週に何度かは午後十時という日もあった。そんな時間になっていても、誠は帰宅しない。

夜ならば、仕事が忙しいからと言い訳ができる。だが、朝になっても家の中に姿がないのではごまかしようもない。

とにかく家にいない父。たまにいても、両親の間に流れるのは冷え切った空気……紀之は万智の足にしがみつき、誠に近寄ろうとはしない。それどころか、声をかけられるたびに怯えきった表情になる。実の父親だというのに……

こんな状態が続けば、心身の発達に悪影響を及ぼしかねない。紀之のためにも、誠と別れるべきだ。

そんなことを考えていた矢先、誠の浮気相手が万智に連絡をよこした。それが何人目の浮気相手だったかなんて、万智は覚えていない。けれど電話をしてきた女性については、はっきり覚えている。なぜなら、それが万智との結婚生活における、誠の最後の浮気相手であり、誠との結婚を望んだ唯一の女性だったからだ。

万智の携帯電話がブブブ……という振動で着信を告げたのは、とある冬の金曜日、万智が紀之を寝かしつけ、やれやれとソファに腰掛けた瞬間だった。

『誠さんとお付き合いをしている者です。私のお腹には誠さんの子どもがいます。あなたたちの夫婦関係はもう「はじょう」しているのだから、さっさと別れてください』

名も告げぬ相手は、万智にそんな言葉を投げつけた。きっと誰かに書いてもらった言葉を棒読みしたのだろう。その証拠に『はたん』と読むべき言葉が『はじょう』になっていた。

万智は前後の台詞から『はじょう』が破綻《はたん》であることを察したが、電話の主は破綻という言葉自体を知らなかった可能性もある。

もしかしたら、この台詞を下書きしたのは誠本人かもしれない。だとしたら、離婚すら浮気相手に切り出させる最低な男ということになる。せめてそれだけは……と思った瞬間、はっと気付いた。誠が離婚を望むわけがない、万智との離婚はマイナスでしかないと……

なにせ万智は、両親に助けてもらいながらとはいえ、家事や育児の分担を誠に要求することなくこなしていたし、収入だって誠よりも上だった。

家に帰れば食事や風呂、きちんと洗濯された衣類が待っているし、万智の収入のおかげで、誠が自由にできるお金だってそれなりにある。黙っていればこのままずっとやりたい放題の生活を続けられる。うまくいっていないのは結婚してすぐのころからだから、万智が今更離婚を望むわけがないと高をくくっていたのだろう。

そこまで考えて、万智はつい苦笑してしまった。同病相憐《あいあわ》れむ、という言葉が頭に浮かんだからだ。

別れたほうがいい、別れるべきだと思っていたのに、ずるずると夫婦を続けてきた。衝動的に結婚した挙げ句大失敗した女というレッテルを貼られるのが嫌だった。それ以上に、母子家庭になることに抵抗があった。

今は離婚してひとりで子どもを育てる、あるいは最初から結婚せずに子どもを産む女性も多い。シングルファザーですら、珍しい存在ではなくなってきた。それでもなお、万智は子どもには両親が揃っていたほうがいい、という古い考え方に囚《とら》われていた。だからこそ、子どもにとっては最悪な家庭だとわかっていながら、離婚を選べなかったのである。

だがそれももう終わりだ。そこまで欲しいと言うならくれてやる。別れてくれと直《じか》談判《だんぱん》してくる女のほうが、結婚の形さえあればいいという万智よりも、ずっと誠を必要としているに違いない。

一分ほどの沈黙の間にそこまで考えを巡らした万智は、電話の向こうの女に言った。冷静そのもの、そして静かきわまりない声で……

『わかりました。早急に手続きを始めます。息子の親権は私がいただきます。そちらにもお子様が生まれるようですし、夫は日頃から息子に興味を持っていないようですので問題はないでしょう。養育費は夫に、慰謝料に関しては夫とあなた、双方に請求いたします。その旨、彼にお伝えください』

『え、私が慰謝料を払うの？　既婚者に騙《だま》されて妊娠させられたのはこっちなのに!?』

相手は、慰謝料という言葉を聞くなり叫び始めた。だが、それに付き合う道理はない。

『それはお気の毒でしたね。でも私には関係ありませんから』

冷たく言い放ち、万智は電話を切った。すぐさまパソコンを立ち上げ、離婚手続きについて調べ、ついでに住宅情報サイトを見る。

離婚の手続きは難しくなかった。離婚届を一枚書くだけだ。子どもの親権をどちらが取るかが定まらないと受理されないが、誠が紀之を育てる気になるわけがない。もしなったとしても、いきなり浮気相手の妻に『直電』してくるような女に、紀之を任せられるはずがない。とりあえず、親子ふたりが暮らせる部屋を探し、生活の基盤を作ることが急務だった。

すっ飛んできたかのような勢いで誠が帰宅したのは、万智が電話を受けてからわずか一時間、午後十時半過ぎのことだった。

金曜日の夜にこんな時間に帰宅したことはない。浮気相手に勝手に電話をかけられ、あまつさえ離婚を承諾させたと報告されて、相当焦ったのだろう。養育費や慰謝料という言葉も、それに一役買っているに違いない。

どこまでも情けない男だ、と呆れ返る万智の前で、誠はいきなり土下座を始めた。平謝りはいつものことだが、土下座されたのは初めてだった。

『すまなかった！　あいつとはすぐに別れる。だから離婚だけは……』

季節は冬、フローリングの冷たい床に額を擦《こす》りつけるようにして、誠は謝り続けた。だが、誠と暮らした六年は、そんな芝居じみた行為に騙されない程度には、万智を利口にしていた。

『別れる？　お腹に赤ちゃんがいるのに？　そんなことをしたら、あちらにも慰謝料を払うことになるわよ。あ、念のために言っておくけど、あなたと離婚してもしなくても、私は慰謝料を請求する。妻として蔑《ないがし》ろにされたことに違いはないもの』

そうなったらあなたは両方に慰謝料を払わなければならなくなる。それぐらいなら、大人しく別れて、あちらと結婚してはどうか、という万智の言葉に、誠は返す言葉がない様子だった。さらに万智は追い打ちをかける。

『ほら、離婚届だってここに。知ってた？　今はインターネットで簡単にダウンロードできるし、私が使ってるプリンターはＡ３サイズまで印刷可能なの。おかげであっという間に用意できた。私はもう記入したから、あなたが書いてくれれば、明日にでも出せるわ』

『そんなあっさり……。六年も夫婦をやってきたのに……』

『六年ねえ……そのうち、私たちが一緒にいた時間はどれぐらいあったかしら？　あなたは紀之が生まれてすぐのころから、どんどん家にいる時間が減っていった。紀之の世話だってろくにしてくれなかった』

『それは、お義母さんたちが……』

そこで誠は伝家の宝刀を抜くように、万智の両親の話を持ち出した。

紀之が生まれても誠の浮気癖は止まらず、彼が家にいる時間は減る一方。万智は、育児休暇のあと時短勤務をしていたが、それでも仕事と育児の両立にてんてこ舞いだった。

　やむにやまれず両親の手を借りたが、あれは失敗だったかもしれない、と時々万智は思う。

　誠が家にいないから、両親を頼る。両親が誠を見る目は冷え切り、居心地が悪くなった誠はますます帰宅しない。鶏が先か卵が先か、ではあるが、とにかく両親が手伝ってくれるようになったことで、誠がさらに家に寄りつかなくなったことは確かだ。

『あのとき、あんなにお義母さんたちが家にいなければ、俺だってもっと……』

『そうかもしれない。でも、いつ帰ってくるかもわからないような人をあてにはできなかった。それに、仕事を辞めるって選択肢もなかった』

　当時、万智たち一家が住んでいたのは都心にある賃貸マンションだった。築五年の２ＤＫ、駅まで歩いて五分という立地で、賃料は十万円を超えていた。万智としてはもっと古い、あるいは駅から遠い部屋、最悪バス利用でもよかったのだが、誠が駅近じゃないと嫌だと言い張ったのだ。

　自分は仕事が忙しくて帰宅が遅くなる。バスは終わるのが早いから、家に帰れなくなってしまう、というのが誠の言い分だったが、今にしてみれば噴飯物だ。なにせ彼は、駅から徒歩五分の家でも、ろくに帰ってこなくなったのだから……

　そんな経緯で選んだ住まいは、共働きが前提、とてもじゃないが誠ひとりの給料で賄える賃料ではなかった。そうでなくても、子どもを育てるにはお金がかかる。なにより、万智自身、仕事が楽しかったし、手放すつもりはなかった。

そして万智は、自分がさぞや冷たい目をしているだろうな、と思いつつ言ったのだ。

『私と紀之は新しい部屋を借ります。ここはあなたが気に入って選んだ部屋だから、住み続けたいならどうぞ。新しい奥様が、少しは負担してくれるといいわね。赤ちゃんが生まれるなら、いろいろ物入りだろうし』

お金のことを持ち出したとたん、誠はあからさまにうろたえた。おそらく、そんなことはまったく考えていなかったのだろう。そもそも万智が本気で離婚を選ぶとも思っていなかったはずだ。誠の様子を見る限り、あの電話は完全に浮気相手の暴走、自分にはそんなつもりはない、と謝り倒せば、なかったことにできるとでも思っていたに違いない。

ところが、万智は別れる気満々。万智のこうと決めたら譲らない性格はわかっているだろうし、離婚届まで用意されているとあってはどうしようもない。そこに、経済的要素まで上乗せされ、誠は完全にノックアウト状態だった。

『彼女は仕事をしてる人？』

相手がそれなりの会社に勤めている人なら、福利厚生もしっかりしているだろうから産休や育休を取って共働きを続けていくことも可能だろう。けれど、彼女が安定した職に就いている可能性は低い、と万智は思った。あまりにも声が必死だったし、妻子がありながら浮気相手を妊娠させるような無責任な男との結婚を望むのは、経済的理由としか思えなかった。もしかしたら、自分が働く気など皆無かもしれない。

だとすると、新しい妻とこれから生まれる子どもにかかる費用の一切合切を、誠はひとりで担わなければならない。到底、十万円を超える家賃を払い続けることはできないし、今までのように遊び回るお金だって残らない。

誠は青ざめた顔で震えている。やがて、同情を買うつもりか、また土下座を始めた。

『許してくれ！　もう浮気はしない！　だから今回は……』

『今までにその言葉を何度聞いたかしら？　耳にたこができるほどよ。でも、守られたことなんてなかった。私はもう決心したの。あなたとの生活はここで終わり』

そして、万智は最後通牒《つうちょう》を突きつけた。

『ここですんなり別れてくれるなら、彼女の慰謝料はなしにしてもいい。考えてみたら、彼女も犠牲者のひとり。というか、私は感謝すべきなのかもしれない。なんといっても、この生活を捨てるきっかけになってくれたんですからね。これから子どもを産まなければいけないのに、お金の心配までさせるのは気の毒。ごたごた言わずに別れてくれるなら、彼女は慰謝料はなしで、あなたについても額を少し減らしてもいいわ』

万智の性格から考えたら、慰謝料なんてどうでもいいから今すぐ別れて、と言いたいほどだった。だが、離婚について本やインターネットで調べた際、相手が有責の場合、慰謝料はたとえ一円でも取るべきだ、と書いてあった。

慰謝料というのは、それを払わせることで、責任を認めさせるという意味がある。だからこそ、ゼロにしてはいけない。相手の支払い能力云々とは別の問題と捉《とら》えるべき、というのだ。

ところが、誠は上目遣いに、言った。

『俺は別れたくなんかない。そもそも六年しか結婚していなかったのに慰謝料なんて……』

開いた口がふさがらないとはこのことだった。

『その六年で、あなたはどれだけお相手を替えたのかしら。やっぱり別れることにして正解ね。これ以上渋るなら、慰謝料は相応の額をいただくことにする。あと、紀之の養育費も……』

『だからそれは！』

悲鳴のような声を上げ、誠は頭を床に擦りつけ続けた。その後も、なんとか離婚を免れようとお得意の舌先三寸、挙げ句の果ては泣き落としまで繰り出した。それでも、まったく緩むことのない万智の表情に、とうとう離婚届に記入、捺印《なついん》するに至った。

養育費は相場どおり、慰謝料については、一般的な金額のおよそ半分とした。

それが、万智の最初の結婚から離婚に至るまでの経緯だった。

長い回想を終え、万智は卓治の話を思い返す。

卓治は、夫婦円満の秘訣は昔の喧嘩を持ち出さないことだ、なんて言っていた。要するに、済んだことは忘れろ、過去のおこないで今の点数を変えるな、ということだろう。

私はかつて、喧嘩をするたびに過去を持ち出した。『何度同じことを繰り返すの』というのは、過去を下敷きにした言葉だ。私が『過去の喧嘩』を一切持ち出さずにいたら、あの人との結婚生活は違ったものになっていただろうか……

だが、そんな問いかけに、かつての自分と今の自分、どちらも首を縦には振らなかった。

毎日毎日喧嘩の種が持ち込まれるのでは、過去を封印したところで意味はない。

同じ過ち、しかも浮気という、妻という存在を蔑ろにする行為を延々と繰り返されたら、点数を減らし続けずにいられない。

誠との生活を終わらせたのは八年も前のことだ。にもかかわらず、当時のことを考えるたびに苦い思いがこみ上げる。

冷え切った家庭の空気にただ怯えていた紀之の表情が脳裏に浮かび、申し訳なさで居ても立ってもいられなくなる。運転免許のように、三ヵ月あるいは一年経ったから点数回復、なんて言えるほど、万智は人間ができていなかった。

けれど、それはあくまでも相手が誠のような男の場合だけかもしれない。卓治も彼の妻も、時が経てば笑って済ませる、あるいは心の奥深くに沈めてしまえる程度の過ちしか犯さないのだろう。

結婚生活がうまくいくかどうかは、初めから決まっているような気がする。相手を選び間違えたら、どう頑張っても無理。結婚生活はお互いの努力次第だと言う人もいるが、努力にも限界がある。努力と言いながら実はただの忍耐ということも多いし、なにより『お互い』ではない。往々にして、どちらか一方が堪えるだけの生活になりがちなのだ。

――ちょっとの努力でなんとかなるなら、それはもともと相性がよかったってこと。もっと言えば、努力する気になれるかどうかは相手次第。少なくとも私は、あの男相手に努力を続ける気にはなれなかった。破れかぶれで結婚しちゃったのは私、自業自得以外のなにものでもない。紀之のためにも頑張らなきゃって何度も思ったけど、やっぱり無理だった。決定的に相手を選び間違えたのよね。相手があの男じゃなければ、五歳児を抱えて離婚なんてことにならなかった……

そこまで考えて、万智はまた苦笑した。

もしもあのとき誠と別れていなければ、今の生活はなかった。保行は多少辛口な言葉をぶつけても、笑って聞き流してくれるし、言葉が過ぎると思えばやんわりと窘《たしな》めてくれる。同じことを誠にされたら、『何様だと思ってるの!?』なんて怒り出しただろうに、相手が保行だと全然気にならない。むしろ、言ってくれてありがとう、と感謝したくなる。その気持ちの違いは、やはりふたりの人間性の差としか言いようがない。当時と今で、万智自身が極端に変わったとは思えないからだ。

同じ人間でも相手によって言葉の選び方や振る舞いが変わる。きつい言葉をぶつけたとき、柔らかい言葉で返されたら、頭が少し冷える。次に口から出る言葉は、最初よりも柔らかいものになるだろう。少なくとも、万智はそういう人間だった。

努力という名の忍耐を受け入れる気になるかどうかも含めて、やっぱり夫婦仲は組み合わせ次第ではないか。現に、万智の二度の結婚生活は天と地ほど違う。

最初の結婚は失敗だったとしか言いようがないけれど、今のところ二回目はうまくいっている。そして、その大半は保行のおかげだと万智は感謝していた。

──そういえば、保行さんは今頃なにをしてるんだろう。晩ご飯はちゃんと食べたかな？　あの人は食いしん坊だし、大阪には美味しいものがたくさんあるから、すごく迷ったかも。串揚げ、お好み焼き……あ、大阪は河豚《ふぐ》も有名ね。会社のお金なら河豚もあり？　いやいや、経費節減がうるさく言われてるご時世だから、さすがに河豚はないか……とにかく、美味しいものをたくさん食べられてるといいなあ……

夫が誰と過ごしているか、ではなく、なにを食べているかを心配できる。それは、浮気な男と暮らしたことがある者にだけわかる幸せかもしれない。

甘酢ダレの匂いが微かに残るキッチンで、万智は今の暮らしのありがたさを噛みしめる。エプロンのポケットに入れていた携帯電話が着信を告げたのは、そんなときだった。

「保行さん！」

画面に表示された名前を見て、思わず声が出た。

たった今、考えていた相手だっただけに、以心伝心とはこのことかとにんまり笑ってしまう。大急ぎで受話キーをタップすると、電話から上機嫌な保行の声が聞こえてきた。

「料理教室はもう終わったころかと思ってかけてみたんだけど、今大丈夫？」

開口一番の台詞に、万智はさらに目尻を下げる。仕事の相手ならまだしも、自分の妻にこんな気遣いができる男がどれだけいるだろう。この気遣いができる相手だからこそ、結婚生活をうまく続けたい、そのためには自分も精一杯頑張ろうと思えるのだ。

万智は、更なる感謝を捧《ささ》げつつ、明るい声で答えた。

「大丈夫。もう片付けも終わったし、今から上に戻るところ」

「それはお疲れ様。今日は『チキン南蛮』と『だし』だったね。無事終了？」

「ええ。上手に作れたし、みんな美味しい、美味しいって喜んでくれた。特に大きな問題はなかった……」

「ってことは、小さな問題はあったんだね？」

「え？　いいえ、問題は……」

「教室の運営上は問題ない。でも、ちょっと万智の気持ちに引っかかるようなことがあった……違う？」

「もう……」

なんでこんなに鋭いのか、この人は……とため息が出そうになる。いや、実際にため息が出たのかもしれない。なぜなら、電話から保行の苦笑が聞こえたからだ。

「お見通しね。でもそれは帰ってからでもいいわ。それより……」

なにか用があってかけてきたのではないか、という万智の問いを、保行はあっさり否定した。

「取り立てて用はないよ。無事にホテルに戻った報告と、そっちが大丈夫かの確認。案の定、『小さな問題』があったみたいなので、早速承りましょう、って感じ」

「なにも承らなくても……でも、ありがとう」

そこで万智は、試食中の参加者たちの会話や、ついさっきまで考えていたことについてかいつまんで話した。適当に省略してもちゃんとくみ取ってくれる、と信じられるのがまた嬉しかった。

「ってわけで、大いに感謝してますわ、旦那様《だんな》」

「なるほど……」

万智は保行に、今の生活がいかに幸せか、自分が満足しているかを伝えた。ところが、返ってきたのは、困惑したような声だった。

「なるほど、ってどういうこと？　もしかして、満足してるのは私だけとか？」

「じゃなくて、万智はお人好《ひとよ》しだなあ……って」

「はい？」

ますますきょとんとしてしまった万智に、保行はひどく申し訳なさそうに言った。

「あのさ……そもそも万智が破れかぶれの結婚をすることになったのって、俺のせいだってこと、忘れちゃったの？」

「あー……それね」

とたんに、万智は後悔した。

できれば触れたくなかった。ずっと忘れていたい話題ではあるが、本当に忘れているわけではない。ただ、それを持ち出しても得をする人間はひとりもいないとわかっているから封印していたのだ。保行なら当然そこを問題にする、と考えなかった自分の愚かさが嫌になってくる。

「ごめん。嫌なこと思い出させちゃったわね」

「だからそれは、俺にとって嫌なこと以上に、万智にとって嫌なこと。しかも張本人は俺、そこんとこ間違えないで。俺が十五年前に、親父の反対なんて蹴《け》っ飛ばして結婚してたら、万智があんな形で結婚することもなかった。離婚して、ひとりで紀之を抱えて苦労することも……」

「そして、あなたが奥さんを亡くすことも、千遥がお母さんを亡くすこともなかった……」

ろくでなし男と別れることと、絵に描いたような良妻賢母と別れることとは全然違う。しかも万智は自ら別れを選んだ。妻がこの世からいなくなってしまった保行と同列には語れない。さらに言えば、たった二歳で母親を亡くした千遥こそが、最大の犠牲者ではないかと万智は考えていた。

「結局、親父の反対に屈した俺が悪い。いっそ、反対されてるなんて万智に知らせずに結婚しちまえばよかったんだ」

「それは無理よ。どっちにしても、保行さんは私が嫁入り先で嫌な思いをしないように、って考えてくれただけ。保行さんが頑張って説得しようとしてるのに、もういい！　ってなにもかもを放り出したのは私」

「そうかもしれない……でも、俺がちゃんと状況を伝えて、もうちょっと待ってくれって言えばよかった。それも含めて一番悪いのは俺だ」

「たぶん、その『待ってくれ』が受け入れられなかったと思う。今でこそこんな話もできるけど、当時の私は火山みたいだったもの。保行さんのお父さんはもちろん、お父さんになにも言ってくれないお母さんにも腹が立って、保行さんに当たり散らしてたよね。私、半分はそんな自分が嫌になって別れたの。堪《こら》え性《しょう》ってものがなかったのよね」

「それはどうだろ……」

「そうに決まってる。で、やっぱりカスみたいな男と結婚した。世の中、前の夫みたいなカスはたくさんいるのよ。それに引っかかる私もカスだったけどね。究極の自業自得、別れたにしても、好きでもない男と結婚するよりも、大人しく、保行さんの影を慕って泣いてるべきだった……って、生きてたわね」

万智は、そんな冗談で話を終わらせようとした。

この話は、過去何度も繰り返しているし、なにかの結論が出るわけではない。ただ
ただ、悪いのは自分だ、と言い合うだけなのだ。

夫婦円満の秘訣は、『昔の喧嘩を持ち出さない』こと。万智は、それだけでうまくいくものではない、と考えていたが、保行と万智の初婚に限っては、二度と触れないのが正解だった。

もっとも、お互いに悪いのは自分だと考えることで、いろいろな我慢ができている可能性はゼロではない。その考えに至ったとき、万智は本当の夫婦円満の秘訣に辿り着いたような気がした。

過去を蒸し返さないことに止まらず、相手を責めないこと、それが夫婦円満の秘訣ではないか。

相手が悪い、すなわち自分は悪くない、となると、言葉も表情も非難がましいものになってしまう。そういった感情は相手に簡単に伝わるし、相手にも面白くない感情が湧くに違いない。

自分が悪いとわかっていても、面と向かって責められれば、反省より先に腹が立つ。それが人間というものではないか。だからこそ、相手を責めない。なにかの問題が起こったとき、誰かひとりだけが悪いなんてことは珍しい。夫婦喧嘩にしても、程

度の差こそあれ、どちらも悪いというのが普通だろう。

「過去は蒸し返さない、と、相手だけを責めない……それが夫婦円満の秘訣かもね」

考え考え伝えた万智の言葉に、保行も同意する。

「そうだね……両方は無理でもせめて片方。それができなくても、頭の中に置いておくだけでも、決定的な喧嘩は防げるのかもしれない」

「小さな喧嘩は時間薬で直す。でもって、あとは触れない、責めない。反省はセルフ」

「あはは……ちゃんと反省できるように、素直な気持ちでいなきゃな」

「そんなに素直な人同士だったら、喧嘩にもならないと思うけど」

「確かに！」

そう言うと、保行は朗《ほが》らかに笑った。ようやく聞けた明るい笑い声に安心し、万智は、保行の一日について訊ねた。

仕事の打ち合わせは順調、その後の会食はまさかと思った河豚料理だったそうだ。それも、取引先の人にご馳走になったという。保行は、さすがに申し訳ない、せめて自分の分だけでも払わせてほしいと言ったのだが、相手が、遠路はるばる出向いてきてくれたのだからこれぐらいは、と財布を出させてくれなかったらしい。

接待が当たり前の世の中は終わった。いくら新幹線に乗らなければならない距離だったとしても、気に入らない相手なら食事を共にしようなんて考えない。取引先の人が保行を気に入ってくれたからこそのお誘いだったに違いない。

自分だけ贅沢してすまない、と保行はしきりに謝る。電話の向こうで頭を下げている姿が目に浮かび、自然と目尻が下がってしまった。

「ご心配なく。自分だけ贅沢なんて、私はしょっちゅうやってるわ。日本中の美味しいお料理を作っては、ご機嫌で試食しまくってるんだもの。しかも、作ってるのはもっぱら参加してくれる人たち。私は労せずいただくばっかり」

「いや、それは万智の仕事だろ」

「そう。それが私の仕事。でもって、今、保行さんが大阪にいるのは仕事のため。私が全国の郷土料理を食べるのが仕事なら、保行さんが美味しい河豚をご馳走になるのも仕事の一部。お互い様なんだから、気にする必要なんてないわ」

「そう言ってもらえると、気が楽になる。あ、でも、次は一緒に行こう。冬場の河豚は最高だし、東京なら河豚の店はいくつか知ってる」

保行は、どこかでご馳走を食べたときはたいていこんなふうに言う。すごく美味しかったから次は一緒に、と誘ってくれるのだ。

保行と結婚してから、万智の食生活はとても豊かになった。だがそれは、経済的な意味ではない。シングルマザーになり、正直生活は大変だったけれど、食費は最優先にしてきた。

成長途中である紀之にきちんと栄養を取らせる必要があったし、万智自身もしっかり食事を取ってきた。

なぜなら、食生活を疎《おろそ》かにしていると、どこかで健康に支障が出てきかねないからだ。

健康は蔑ろにできない。そのためには、美味しいだけではなく栄養バランスがしっかり取れた食事をする必要がある。そんな考えに基づき、万智はずっと食事には気もお金も使ってきた。節約の必要があるときは、食費以外のところで頑張る。それは、独身時代はもちろん、最初の結婚、シングルマザー時代を経て二度目の結婚生活に入ったあとも、揺らぐことのない万智の信条だった。

それでも、しっかり食べていても、満足感が得られないこともある。美味しいのは美味しいのだけれど……と少々残念な気持ちになることもあった。おそらくそれは、万智が食事に栄養摂取以上のなにかを求めているからだろう。

振り返れば、誠との結婚生活には、そうした楽しみがまったくなかった。誠はお腹がいっぱいになりさえすればいい、という考え方で、食材はおろか、調理法にも味付けにも頓着《とんちゃく》しなかった。頑張って作っても、ただ黙々と食べるだけで、美味しいのか不味《まず》いのかもわからない。そんな反応の薄さも、食にこだわる万智の不満を煽《あお》っていたのだろう。

ところが、保行との生活はまったく違った。

彼は、美味しければ美味しいと言ってくれる。滅多にあることではなかったが、口に合わないときは、『不味い』ではなく、自分の好きな味に近づけるための調味料の加減を伝えてくれる。この料理には絶対生姜だろうと思っていたのに、ニンニクにしてみたら？　と言われて使ってみたら、思いの外美味しくてびっくりしたこともある。

さらに彼は、外で美味しい料理を食べたときは、今度一緒に行こうと誘ってくれる。ふたりで味わいながら、これはなにを使っているのだろう、家でも作れるかな……なんて会話を交わすのはとても楽しかった。彼との結婚によって、美味しいもの、新しい味に触れる機会が増えただけではなく、『食事をする楽しみ』を与えられた気がするのだ。

食への興味は尽きない。子どものころから食いしん坊だったし、散々世界各国の料理を味わったあとも、どこかに美味しいもの、自分が知らない料理はないか、と探している。

我ながら、なんて卑《いや》しい……と呆れてしまうけれど、きっと自分のこんなところは生涯変わらないのだろうな、と思う。

だからこそ、保行は万智に料理教室を開くことを提案した。きっと、万智の興味の中心が料理にあることがわかっていて、これなら楽しんでやっていける、と考えてくれたのだろう。

最初は本当に戸惑ったし、できるわけがないとも思った。だが、三年続けてみた今、これ以上に自分に向いた仕事はないと思う。料理を前に誰かと語り合う。それは万智にとってなによりも楽しい時間だ。

万智が思っている以上に、料理を習いたい人は多いらしい。習ってみたいが定期的かつ継続的に時間を確保するのは無理、という理由から料理教室を断念していた人にとって、万智の気まぐれな料理教室はもってこいだったようだ。しかも、どうかすると調理よりも試食にかける時間のほうが長い、という適当さも人気のひとつかもしれない。

いずれにしても、この料理教室は趣味の延長、しかもそれがわずかとはいえ収入に結びつくのだから、こんなにいいことはなかった。

「ありがとうね、保行さん」

「へ？」

保行は気が抜けたような言葉を返してきた。おそらく、なにに対する礼なのかさっぱりわからなかったに違いない。

「料理教室を開くことを提案してくれて、本当にありがとう。おかげで私はすごく楽しいわ」

「それはよかった。どうせ人生一度きり、楽しんでこそだ。でもって、こっちこそありがとう」

「それはなにに対するお礼なの？」

「……なんだろ？　たぶん全部？」

「全部って……」

「いいじゃないか。とにかく俺は今の生活に満足してるし、ありがとうって言われてありがとうって返すのはすごく平和だ」

「確かに……喧嘩にはなりそうもないわね」

「そういうこと。あ、もうこんな時間だ。遅くまですまなかった。じゃ、明日には帰るから、家のことをよろしくな」

そして、お土産をいっぱい買っていくからな、なんて嬉しい言葉を添え、保行は電話を切った。

この料理教室を開くきっかけをくれたのは保行だ。今は教室は万智の名義にしても、もとはと言えば保行の持ち物だ。彼の家が完全二世帯住宅仕様で、台所がふたつなければそもそも無理な話だった。

あらゆる意味で、この料理教室は保行におんぶにだっこで始まった。そして、認めたくない気持ちはとても大きいが、少しは前夫のおかげでもある。

離婚したとき万智は、慰謝料も養育費も支払われることはないだろうと思っていた。しらばっくれて、あるいは本当に支払い能力がなくて払えない、なんて例はいくらでもあるからだ。だが、離婚が成立してしばらく経ったころ、万智の銀行口座にまとまった金額が振り込まれた。まさか、誠のわけがない、と思いつつ確かめてみると、振込人は誠の父親だった。

慰謝料を肩替わりする親がいるとは知っていたけれど、万智にしてみれば、誠との離婚に親は関係ない。さすがにこれは筋が違う、と慌てて連絡してみると、誠の父親は、平身低頭だった。

誠があんな男になったのは、自分たちの教育が至らなかったせいだ。あんな奴でも息子は息子、不始末は親が処理するしかない。本人に支払い能力がないというのであれば、親が出す。その代わり、もう少し気持ちが落ち着いて、私たちを許せる気になったら、そのときは紀之に会わせてほしい――それが誠の父親の言い分だった。

誠の両親は、孫がかわいくてならない人たちだった。紀之はもちろん、誠の兄弟たちのところに生まれた孫も、ずいぶんかわいがっている。紀之とまったく会えなくなるのは辛いに違いない。

一応、これは誠が払うべきものでご両親には関係ない、と言ってはみた。だが彼らは、ひとりで子どもを育てるのは大変だ、お金は邪魔になるものじゃない、と返させてくれない。

養育費は紀之自身のもの、彼の権利を侵害してはいけない、と言われるに至り、それもそうだと納得した万智は、慰謝料相当を返金、養育費だけを受け取った。それでも、誠の両親はかなり渋ったが、最終的には、慰謝料は誠からもらわなければ意味がない、という万智の言葉を受け入れてくれたのである。

料理教室を開くにあたって、万智が家の改装費用を負担することができたのは、誠の両親のおかげだ。あの養育費がなければ、紀之にかかる費用はすべて万智が出さねばならなかった。生活自体はなんとかなっても、蓄えることはできなかったに違いない。

家の改装費用まで保行任せにしなければならなかったとしたら、いくら背中を押されても、万智が料理教室を始めることはなかっただろう。

――要するに、この料理教室を開けたのは、私以外の誰かのおかげってことね……

そう思うと、少々情けない気分になる。けれど、誰かのおかげで今がある、という事実に素直に感謝できるのは、それ自体幸せなことなのかもしれない。

おっかなびっくり、超スロースピードで始めた料理教室だったが、三年経った今では、自信を持ってこれは自分の仕事だと言える。実際に教室を運営しているのは万智自身だし、意見を求めることはあっても、保行に決定を委《ゆだ》ねたことはない。台所の改装に始まって、どんな料理を作るか、どういう人を何人集めるか、まで含めて、すべて自分で決めた。そして、その決断のすべてが、これまでの経験に基づいている。辛い経験も、楽しい経験もすべて踏まえて今があるのだ。

万智は、キッチンスタジオのドアに目を向ける。

料理教室を開く日、万智は開始時刻の一時間ほど前にあのドアを開ける。たいていの準備は前日、あるいは開始時間のかなり前に済ませてしまうので、万智がそこにいる必要はない。ドアの鍵さえ開けておけば、参加者たちは勝手に入ってくるし、みんなが集まってから入ってくる講師もいるだろう。

けれど万智はそうはしない。なぜなら、自分の料理教室に来てくれる参加者のひとりひとりをきちんと出迎えたいという気持ちが強いからだ。

このキッチンスタジオは、みんなが料理を習いに来る場所だけれど、講師は万智ひとりではない。

作る料理はあらかじめ決まっているし、レシピだってできている。それでも、レシピどおりに作るとは限らない。いや、正しくはそれだけとは限らない、というべきかもしれない。

作っている途中で、誰かが『私が食べたのはちょっと違う』と言い出せば、その誰かが知っている味の再現に挑む。もちろん、時間がなくてできないときもあるが、それでも、その人の言葉を頼りにどんな味だったかを想像して楽しむ。そして万智は、参加者が帰ったあと、実際に作ってみて、その味を確かめるのである。

生まれ育った家や旅先で出会った、あるいは料理番組で紹介された料理……それぞれが知っている味を紹介し合う。そうした意味で、ここは万智にとっても学びの場、だからこそ、いかにも講師然と最後に登場してくるのは違うと思うのだ。

万智ひとりしかいないキッチンスタジオのドアが開く。

「おはよう、万智さん。今日はよいお天気ね！」

たいてい一番に現れ、気候に関わる言葉を添えて挨拶をするのは弘子だ。すぐあとから入ってきた卓治が、顔をしかめながら言う。

「今は晴れてるが、天気は下り坂だよ。なぜなら、俺の膝が痛むから」

「あらやだ。明日、シーツの洗濯をしようと思ったのに。でも卓治さんの『お膝予報』は当たるのよねえ」

「そのとおり。シーツの洗濯はあきらめて、大根でも煮るがいいさ」

「なんでそこで大根が出てくるの？」

「旨いじゃないか、大根の煮物」

冬でも夏でも大根の煮物は旨い、と卓治はひとり悦に入る。弘子は弘子で、出汁と醤油で煮込むのもよいけど、一手間加えてそぼろあんかけも捨てがたい、などと返す。

そこでまたドアが開き、入ってきた参加者が弘子と卓治の大根話に「今日って、大根の煮物も作るんでしたっけ？」なんて首を傾げる。ただ話してるだけよ、と説明され、それなら自分は断然ふろふきだ、とその人が言えば、次に来た人が、おでんの大根こそ至高、なんて言い張る。

大根の煮物と一口に言うけれど、ぱっと思い付くだけでこれだけの種類がある。そして、そのそれぞれにちょっと違った料理法や味付けがあり、人それぞれのお気に入りもある。

開始前のたわいもないやりとりに、万智は改めてそのことに気付かされるのだ。

郷土料理には土地柄が滲《にじ》み出る。味の濃淡、使っている食材、切り方、煮るのか、焼くのか、蒸すのか、揚げるのか……そのすべてに、気候風土や時代背景が漂っている。

それまで興味がなかった土地なのに、料理がきっかけで調べたくなった、行ってみたくなったという人もたくさんいるだろう。

た。


万智はかつて、ツアーコンダクターとして、たくさんの人を様々な土地に案内したい。

今度は実際に出かけられない人たちに、世界の様々な暮らしについて知ってもらいたい。

料理教室を開くにあたって、万智が郷土料理にこだわったのには、そんな理由もあった。

気軽に旅に出られる人はほんの一握りだ。大半は、食べてみたいなあ……で終わってしまう。そんな人たちでも、この料理教室に来れば味わうことができる。自分で作ることで、その土地の暮らしを垣間《かいま》見られるかもしれない。実際の旅行ほどではないにしても、インターネットやテレビで見るだけよりはリアルな体験になるはずだ。

——疑似体験でも体験は体験。思い出のひとつに加えられるだろう。実際に旅に出ていなくても、旅の思い出ができるってちょっと素敵だと思う。来てくれる人たちも、そんなふうに思ってくれればいいなあ……。そのためには料理だけじゃなく、歴史や名所についても軽く紹介してみようかな。『語る』じゃなくて『お知らせ』ぐらいで……

ツアーコンダクターはもうやりきった、と思っていたけれど、やっぱりどこかで旅の楽しさをわかってもらいたくて仕方がない。

──お馴染みさんたちと、郷土料理を食べに行くツアーをやってみるのも面白いかも……。『特別課外授業』なんて旗を用意したりして……。でもそれはそれで大変そうねえ……

旗を掲げて一生懸命先導しているのに、あっちこっちで立ち止まり、ちゃんとついてこない参加者たち……。ふと気がつくと、ひとりふたりいなくなっていて、捜し回る。

夜が深々と更けていく中、ツアーコンダクター時代さながらに走り回る自分の姿を思い浮かべ、万智はひとり苦笑した。

冷や汁（宮崎バージョン）レシピ

材料　ご飯4杯分相当

アジの干物　1枚（手のひら程度の大きさだった場合は2枚）
ナス　1本（15センチぐらいのもの　小さければ2本）
胡瓜　1本
青紫蘇　5枚
茗荷　1個
豆腐　1／3丁
合わせ味噌　大匙3
すりゴマ　大匙2（お好みで加減）
だし汁　カップ3杯←冷ましておく
（だしの素を使うときは塩分量に注意）

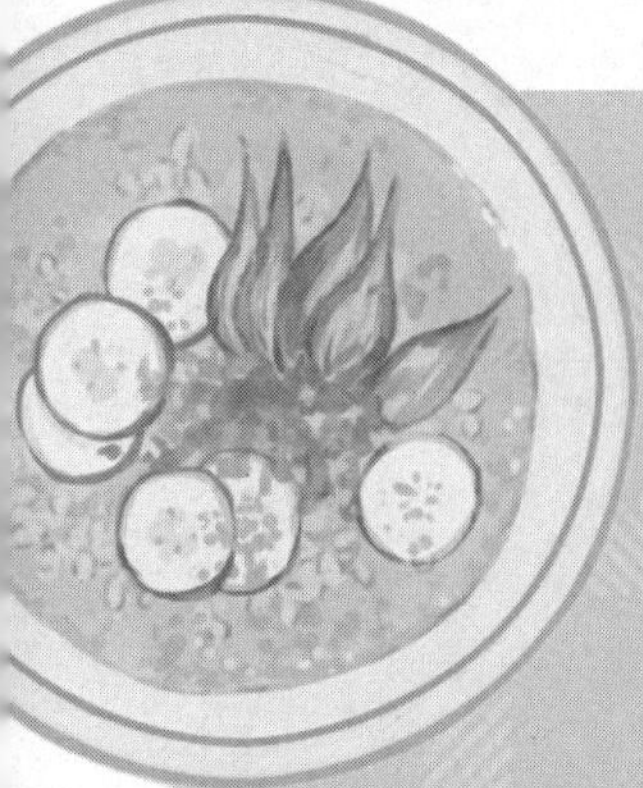

作り方

①アジの干物を焼く

②アジの干物をほぐす（大骨、小骨を取る。皮は残っても大丈夫）

③胡瓜、ナスを薄切りにして塩もみする（小匙半分ほどの塩（分量外）を加え、しんなりしてきたら水で洗い流して絞る）

④茗荷を刻み、青紫蘇は千切りにして一度水に放す

⑤アルミホイルに味噌をのせ、オーブントースターまたはグリルで軽く焦がす

⑥だし汁に味噌を溶き、アジの干物、豆腐、すりゴマ、塩もみした胡瓜、ナス、薬味類を入れる

⑦温かいご飯にかける

お手軽バージョン

①アジの干物を鯖や鮭の水煮缶にする

②野菜の塩もみはしない

③味噌は焼かない

④だし汁は冷まさず味噌を大匙3～4にして氷を大量に入れる

この作品は二〇一九年五月に小社より単行本として刊行されました。

|著者|秋川滝美　2012年4月よりオンラインにて作品公開開始。2012年10月、『いい加減な夜食』（アルファポリス）にて出版デビュー。著書に「ありふれたチョコレート」シリーズ、「居酒屋ぼったくり」シリーズ、『きよのお江戸料理日記』（いずれもアルファポリス）、『田沼スポーツ包丁部！』「放課後の厨房《チューボー》男子」シリーズ（ともに幻冬舎）、『向日葵のある台所』「ひとり旅日和」シリーズ（ともにKADOKAWA）、「幸腹《こうふく》な百貨店」シリーズ、「湯けむり食事処 ヒソップ亭」シリーズ（ともに講談社）などがある。

マチのお気楽料理教室《きらくりようりきようしつ》

秋川滝美《あきかわたきみ》

講談社文庫

定価はカバーに
表示してあります

2021年5月14日第1刷発行

発行者――鈴木章一
発行所――株式会社 講談社
東京都文京区音羽2-12-21　〒112-8001
電話 出版（03）5395-3510
販売（03）5395-5817
業務（03）5395-3615

Printed in Japan

デザイン―菊地信義
本文データ制作―講談社デジタル製作
印刷―――豊国印刷株式会社
製本―――株式会社国宝社

ISBN978-4-06-523447-1

講談社文庫刊行の辞

二十一世紀の到来を目睫に望みながら、われわれはいま、人類史上かつて例を見ない巨大な転換期をむかえようとしている。

世界も、日本も、激動の予兆に対する期待とおののきを内に蔵して、未知の時代に歩み入ろうとしている。このときにあたり、創業の人野間清治の「ナショナル・エデュケイター」への志を現代に甦らせようと意図して、われわれはここに古今の文芸作品はいうまでもなく、ひろく人文・社会・自然の諸科学から東西の名著を網羅する、新しい綜合文庫の発刊を決意した。

激動の転換期はまた断絶の時代である。われわれは戦後二十五年間の出版文化のありかたへの深い反省をこめて、この断絶の時代にあえて人間的な持続を求めようとする。いたずらに浮薄な商業主義のあだ花を追い求めることなく、長期にわたって良書に生命をあたえようとつとめるところにしか、今後の出版文化の真の繁栄はあり得ないと信じるからである。

同時にわれわれはこの綜合文庫の刊行を通じて、人文・社会・自然の諸科学が、結局人間の学にほかならないことを立証しようと願っている。かつて知識とは、「汝自身を知る」ことにつきていた。現代社会の瑣末な情報の氾濫のなかから、力強い知識の源泉を掘り起し、技術文明のただなかに、生きた人間の姿を復活させること。それこそわれわれの切なる希求である。

われわれは権威に盲従せず、俗流に媚びることなく、渾然一体となって日本の「草の根」をかたちづくる若く新しい世代の人々に、心をこめてこの新しい綜合文庫をおくり届けたい。それは知識の泉であるとともに感受性のふるさとであり、もっとも有機的に組織され、社会に開かれた万人のための大学をめざしている。大方の支援と協力を衷心より切望してやまない。

一九七一年七月

野間省一